Michel Cornillon

La Fiancée des parcs

—

Comédie érotique

—

© Michel Cornillon 2005
www.chroniquevirgule.canalblog.com
michelcornillon@orange.fr

Éditeur : BoD-Books on Demand, 12/14 rond point des Champs-Élysées,
75008 Paris, France
ISBN : 978-2-32201-862-8

1 – Bleu matin

Existait-il encore, en cette époque annonciatrice de cris et de fumées, peut-être de révolution, une fée protectrice des jeunes filles en péril ? Assurément. Sereine et lumineuse, elle habitait Saint-Cloud et se prénommait Clarisse. N'ayant qu'à jouer des cils pour que le miel abonde, les soucis de finance ne la concernaient pas.

En ce matin de la mi-août, sous un azur annonciateur d'une journée splendide, après s'être assurée que nul ne l'observait, elle a arqué son corps pour refermer, levant les bras avec une émotion que nous partagerons plus tard, la porte à bascule d'un garage dont un promeneur de chien aurait pu remarquer, à condition qu'il y eût en cette avenue un animal suivi d'un maître tôt levé, qu'elle venait en marche arrière de sortir sa voiture. Puis elle quitta ce lieu de résidence, direction le périphérique extérieur de Paris, qu'elle emprunta jusqu'à la porte d'Orléans. Nous la voyons ensuite filer sur l'autoroute A6, puis prendre sur sa droite la direction de Montargis.

Comme prévu, à sept heures pile, elle atteignit cette ville traversée de canaux. Arrêtée peu après devant les grilles d'une demeure qu'elle n'eut pas à chercher, elle donna un coup de klaxon bref, accueillit la jeune fille parue sur le perron, redémarra au claquement de sa portière. Puis le cabriolet crissa des quatre pneus entre les rails de la sécurité routière, bifurqua sur une départementale et s'en fut, rutilant, par des routes buissonnières.

— Bien dormi ? s'inquiéta la fée.
— Couchée à neuf heures, répondit la mortelle. Avec un quart de Lexomil.
— Et pas de mauvais-rêve ? Non plus que de petite douceur ?

À son sourire forcé, à la crispation de ses doigts, Clarisse comprit que les heures à venir pourraient se passer moins facilement que prévu.

— Tu paniques ?

Dans l'incapacité de répondre, la jeune fille tourna vers son aînée deux yeux dont battaient les paupières plus vite qu'à l'ordinaire. À cinquante kilomètres de l'Institut, mais en esprit déjà dans ce lieu de mystères (juste ce qu'il fallait pour susciter la peur), elle se voyait d'avance la proie de la concupiscence des hommes et comprenait que rien, ni personne, pas même sa belle cousine, ne pourrait l'en soustraire.

— Des tracas, ma chérie ?...

Quelques uns en effet, qu'elle tentait de dissimuler. Des joies de l'amour ne connaissant que les évocations des livres, et du plaisir que celui qu'on se procure soi-même, la charmante se voyait par avance dévêtue, livrée à des explorations. Et plus de maquillage qui pût dissimuler la tragédie de sa vie : depuis le jour du drame, Clarisse n'ignorait rien de ses secrets, de même les avaient étudiés les gens qui l'attendaient là-bas. Elle songea à O, en un pareil matin possédée par deux hommes, deux brasseurs de fortunes du genre que fréquentait son père, messieurs d'autant plus dangereux qu'ils étaient dénués d'âme. L'angoisse lui transperçait le cœur.

— Détends-toi, mon poussin.

Mais la morte d'hier, la fragile demoiselle dont les carnets intimes, au lendemain de son transport à la Clinique du Parc, avaient été par Clarisse étudiés à la loupe, demeurait prisonnière d'une passion sans issue. Amadeo la visitait de nouveau, la poursuivait au firmament de rêves s'achevant devant l'horreur — ainsi en jugeait-elle — de son comportement. Et la voici qui s'égarait une fois de plus, sentait si bien toute énergie l'abandonner que sa protectrice, encore que l'analyse des raisons de son naufrage l'eût convaincue du bien fondé d'une thérapie musclée, se prenait à douter des résultats de l'enlèvement qui les menait de concert à la propriété du seigneur Livenstein.

— Ma douce, s'inquiéta-t-elle, en quels nouveaux cauchemars es-tu allée te perdre ?

— Comme si tu l'ignorais !

Judith essuya une larme, ferma les yeux, s'en retourna pour la dix millième fois dans les salons où l'avait invitée, pour qu'on lui fît enfin connaître celui qu'elle adulait, une Clarisse qu'elle n'avait que fort peu fréquentée, et dont ne parlait sa famille, en raison d'une *vie de scandales sur laquelle mieux valait ne pas s'étendre*, que la lèvre pincée. Champagne, miroirs, kyrielle de décolletés, mais Amadeo ne distinguait qu'elle, Amadeo voulait se l'approprier au grand dam de certaines. Et elle, prise à son propre piège, qui se réfugiait dans les barbituriques.

Une bécasse, quelqu'un avait trouvé le mot juste. *Une allumeuse, la névrosée à l'état pur*, renchérissait-elle en son for intérieur, les yeux braqués sur le ruban d'une route qu'elle ne distinguait plus, ravagée qu'elle était par un amour que l'éclat du soleil rendait on se peut plus tragique. Clarisse ralentit, engagea la voiture dans un chemin et coupa le contact.

— Ma douce...

La jeune fille bredouilla, ne put retenir ses larmes, se réfugia entre les bras de sa compagne bouleversée à son tour, parallèlement inquiète : n'avait-elle pas promis à Sarah que sa cousine arriverait présentable et non le nez goutteux, le visage de travers et le cheveu défait comme en cette heure de pure désolation, en cette minute amère bien que piaillassent de joie, dans la ramure invitant à la fête, des colonies d'oiseaux.

— Marchons un peu, tu veux ?...

Elle défit sa ceinture, aida sa passagère à s'extraire de son siège et remarqua, au franchissement de la carrosserie par une jambe on ne peut mieux tournée, la dentelle d'un dessous. Émue, elle se vit projetée en la personne d'Amadeo, puis en celle de l'aimée à laquelle on tendait une main secourable, qu'on aidait à se redresser pour l'accueillir sur soi, la ployer et lui prendre les lèvres dans la rosée qu'on distinguait encore. Une senteur de sève et d'enlacements, à l'heure où les bûcherons empoignent le manche, où les cueilleurs mettent la main au panier et que les petites filles modèles, au contraire d'elle-même qui n'en fit rien, se glissent dans leur culotte avant d'aller retrouver leurs copines, la fit éclater d'un rire tel qu'il se communiqua. La demoiselle, du coup, n'eut plus rien de présentable — enfin, se dit la fée, pour ce qui l'attendait...

Car ce qui l'attendait... à en pleurer de rire ! Et le rire la reprit avec d'autant plus de vigueur que l'éplorée de l'instant, dans l'ignorance de la journée qui débutait à peine, y entendait si peu malice que le rire la secouait à son tour. Et le rire était bon, le rire la menait en douceur à la paix, la caressait comme le faisait Clarisse, cette amie dont la félicité lui désignait l'été, le chemin forestier traversé de désirs.

Ces jolis seins... lui chantait-on en lui en effleurant les pointes... et *ce mignon derrière,* poursuivait-on en glissant une main sous sa jupe, mais...

— Comment, ma chérie ! N'avions-nous pas convenu de ne rien porter dessous ?

La coupable rougit, en devint si troublante, à ce point désirable, dans la magie des bois, que Clarisse en ressentit un frisson, qu'un étourdissement l'amena sur le corps juvénile et cependant de femme.

— Tu as eu peur du froid, du vent, de l'effarement de notre tante ? Eh bien regarde, ma tenue est aussi courte, aussi légère que la tienne, et que vois-tu lorsque je vaque ? Rien que de l'élégance. Bien sûr si je me penche vers une girolle... mais aucun champignon ici, ou si je virevolte... et elle offrait dans l'envol de sa jupe un bref aperçu de son audace.

Cependant, songea-t-elle, n'allait-elle pas trop vite ? Ne risquait-elle pas, en son impatience, de compromettre une thérapie judicieusement mûrie ? Non sans regret, elle décida d'interrompre le jeu, et tandis qu'elle pêchait dans le coffre de sa voiture la mince protection d'un nylon, voici qu'on la priait, d'une voix tremblant à peine, de demeurer comme elle était.

De son aînée qui tâtait à son tour, l'inconsciente, du plaisir de vaquer en cette nudité secrète qu'elle-même avait refusée ce matin, et qui aurait aimé raccourcir sa jupette d'un petit centimètre, puis d'un autre et que tout se devinât, d'un autre encore et que tout s'exhibât, qu'un garde forestier se retournât pour la suivre des yeux, la jeune fille prit la main. Percevrait-il, le bonhomme, que son regard ferait s'inquiéter l'indécente, la pousserait en même temps à dominer son trouble malgré qu'on achevât de la déshabiller des yeux, et qu'elle se glisserait à son volant comme si de rien n'était, par là jouirait de son émoi aussi longtemps qu'elle le voudrait ? Elle s'en inquiéta.

Que ressentait Clarisse ?

La cousine l'avoua sans détour : un plaisir mêlé de crainte, et un désir qu'elle auvait malgré tout du mal à assumer : que si elle était seule en ce silence des arbres elle enverrait sa jupe au diable, ouvrirait sa chemise, se laisserait dériver.

— Jusqu'où ?

Et le rire les reprit.

C'est alors que Judith, comme délivrée de ses tracas, se troussa rapidement, s'équilibra pour enjamber de ses baskets, à la croisée de deux allées qui la livraient au monde, le minuscule chiffon qui l'avait protégée, poids plume qu'elle enroula à son poignet.

Allégée brusquement et la prunelle en feu, le cerveau frissonnant de fraîcheur végétale, elle affirmait dépendant que c'en était fini, mille fois avaient suffi, elle ne recommencerait plus.

— Même en ma compagnie ?

Elle ne répondit pas.

— Tu ne seras plus jamais seule, lui murmura la fée. Tu as jeté aux ronces une peau trop étroite, tu vas endosser à présent celle d'une jeune fille en marche vers sa délivrance, vers son accomplissement... Le supporteras-tu ? Supporteras-tu la lumière qui t'attend ?

Rendue à la conscience par l'ombre du chemin, elle répondit que oui, qu'elle la supporterait sans peine — à condition toutefois qu'on l'instruisît de la manière dont on allait procéder. Tenue dans l'ignorance, elle ne pouvait que trembler.

— Nous allons te laver, te bercer, te donner le sein. Et tu n'auras qu'à te laisser faire.

On la chouchouterait donc, ainsi que l'avait pratiqué sa cousine à sa sortie de clinique — dieu sait qu'elle ne l'oublierait pas — mais aussi la laver ! En son intimité bien entendu, encore qu'on n'eût rien spécifié, non plus qu'on n'avait précisé qui s'occuperait de sa toilette... Des femmes aux mains expertes, des hommes aux doigts aventureux ou les deux réunis, un maître de cérémonie lui appliquant une lingette là où il le fallait, lui demandant si ce n'était pas trop chaud, si ce n'était pas trop doux, et si elle appréciait, si elle voulait qu'on poursuivît... La tête lui en tournait, les propos de Clarisse venaient d'un autre monde.

— Rassure-toi, poursuivait sa cousine en lui prenant la main, je ne t'ai pas voulue sans rien pour raviver tes plaies, non plus que j'ai suivi ton exemple pour déraper dans quelque turpitude.

La psyché bouleversée par les caresses de l'air, la tête emplie de la vision furtive des formes de sa protégée d'évidence dans le même état qu'elle, Clarisse jouait avec le feu dans une partie mal explorée d'elle-même. L'y poussait cette écervelée, cette vierge blessée qui écrivait si bien, dans ses carnets de poétesse, et qui vivait si mal, si loin de tout partage qu'on éprouvait l'envie de la réchauffer, de l'embraser si l'on poussait plus loin, et qu'elle ne jouît plus seule. Mais elle-même n'avait guère, à part quelques émois du temps du pensionnat, la pratique des personnes de son sexe. Elle décida cependant de poursuivre le jeu, entraîna la fofolle dans un sentier qui débouchait sur un nid de soleil, clairière au centre de laquelle les attendait une souche. Quelques minutes plus tard, les fesses meurtries par les échardes, elles la quittèrent pour s'installer sur un tapis moussu, s'y allonger l'une à côté de l'autre.

Caresse à une épaule, main venue se poser sur les reins d'une biche qui se détendait enfin...

— *Loin de sa cage l'oiseau de lumière ivre...* Tu vois, je connais tes talents.

Touchée au cœur, la jeune fille sourit, parut se délecter de cette photographie d'elle-même.

— Et pour toi, demanda-t-elle, revenant à ses tracas, que va-t-il se passer ?

— Comment veux-tu que je le sache ! La carte offre biens des plaisirs dont le détail demeure dans les tiroirs de Sarah Livenstein.

— Dans ce cas, de quelle manière choisir ?

Clarisse imaginait, analysait, tentait de mesurer les

conséquences de ses indiscrétions sur la psyché de la jeune fille — on devrait dire "jeune femme", mais de "femme" elle ne possédait que les appétits, encore que détournés de leur assouvissement par des aiguillages pour le moins défectueux.

— S'il te plaît...
— Je n'en ai pas le droit.
— Je t'en prie...

Clarisse choisit alors, parmi les braises qu'elle activait en douce, la figure la plus chaste qui fût, la proposa à l'oreille attentive sous forme d'une plaisanterie qu'elle peaufina si bien que l'oreille devint rouge.

— Jamais je n'oserai !
— Bien sûr que si. Et je t'affirme que le jour viendra où tu trouveras toi-même des recettes inédites, que tu les proposeras à Sarah en complément de tel menu ou de tel autre... Mais nous n'en sommes pas là. Pour le moment, tu auras droit à une défloration tout en douceur, avec les mots et les gestes qu'il faut, et la rudesse virile qui n'est qu'une apparence.

Lui fallait-il poursuivre ? Détentrice des secrets de l'éros, elle découvrait le pubis de l'élève, s'attendrissait devant les lèvres qu'un frôlement eût ouvertes.

— Tu es infernale ! Tu m'allèches, tu me caresses et tu me frustres...
— Que te resterait-il si je te dévoilais le détail d'une journée vouée à ta renaissance ?
— Tu sais pourtant ce qui va t'arriver, à toi !
— Dans les grandes lignes, à peu près. Mais à quelle sauce va-t-on m'accommoder, j'avoue mon ignorance.
— Tu mens.

Lui révéler une seconde figure, *le dégrafé de tourterelle*, puis évoquer le cadre de l'action, les personnes attachées aux caprices de chacune, et continuer de l'inquiéter ?...

— Chaque nouvelle venue est d'abord étudiée dans sa réalité physique — prends-le au pied de la lettre —, on passe ensuite à l'état de sa psyché, cela en vue de sa mise en condition — disons de l'ouverture de son esprit, si tu préfères cette expression.

— Et voilà ! Tu cherches encore à me terroriser.

— Ne l'es-tu pas déjà ?

Vierge promise à aux appétits des hommes, la demoiselle se tut. Dénudée, elle l'était déjà, plus qu'aux trois quarts, mais non plus pour elle seule car sa cousine la regardait, de sorte que son impudeur, bien qu'elle fût partagée — de sa compagne s'offrait pareillement ce que cachent d'ordinaire les plus dévergondées — la transportait dans une forme d'effarement jusqu'alors inconnue. Et maintenant qu'elles s'étaient relevées pour marcher côte à côte, silencieuses, la caresse du tissus sur sa toison pubienne, par devant, et la lisière imaginée visible de ses fesses, par derrière, lui inspiraient de telles visions qu'elle eût aimé que se produisît le miracle, qu'on lui saisît les lèvres dans le sombre de bois où tout s'achèverait, et qu'elle fût libérée. Elle exhala un long soupir, se vit dans la position tout à l'heure suggérée de levrette forestière, rêva d'herbe mouillée, de piquets et de faunes. Au point que si Clarisse ne l'avait surveillée elle se serait offerte, en d'impudiques enjambements, aux chatouillis de la nature dans le frôlement des feuilles... Espérant cependant s'apaiser, elle prit le bras de sa conseillère, de sa belle tortionnaire qui n'en voulait dire plus et qui, malgré qu'elle fût elle-même en ses débordements, la ramena à la raison. Assurant qu'elles risquaient le retard, elle se défit du bras lui enserrant la taille, ramena sa protégée à leur point de départ et là la recoiffa, remit une touche au léger maquillage la colorant de jeunesse, vingt ans dans quelques heures mais pas encore d'amant — une innocente en ses provocations, qui avant de remonter en voiture, et dans la perspective d'en bientôt redescendre, s'inquiétait de décence : n'allait-on pas deviner, peut-être même apercevoir et détourner les yeux, ou au contraire se rincer l'œil ?...

Bien que décidée depuis peu à vivre aussi pleinement que son aînée, et bien que la nudité à peine dissimulée de son pubis — et bientôt de son buste puisqu'on venait de défaire le bouton supérieur de sa chemise — la baignât de ses alcools, elle ne cessait de s'inquiéter du jugement d'autrui. L'inconnu l'effrayait, et si elle en appelait, la nuit, à des enlacements peu ordinaires (que n'allait-elle souffrir avant d'être comblée, songeait de son côté Clarisse en lui ouvrant la portière), si elle s'était malgré tout décidée à se reprendre et suivre son initiatrice, elle ne s'était encore défaite de la réserve de rigueur dans les milieux bourgeois.

Elle reprit place dans le cabriolet, entreprit de passer le pied droit par-dessus le longeron, vit dans le regard amusé de sa complice se refléter le tableau qu'elle offrait.

Si sa mère la voyait !

Mais tant pis pour sa mère, tant pis pour les tantes à prie-Dieu, les buveuses d'eau bénite et autres pudibondes qui la verraient revenir le corsage en lambeaux, la folie dans les yeux...

Rentrerait-elle boulevard La Tour-Maubourg la culotte à la main ? Confrontée à l'effarement maternel, au hoquet de son père, elle éclata de rire.

— Vingt sur vingt, lui fut-il déclaré en écho à l'issue du troisième essai. Marie-Machin...

— Marie-Scolastique.

— Marie-Scolastique n'aurait su mieux faire. À condition d'éviter le grand écart, de ramener un pan de jupe sur ton offrande...

L'inconvenance protégée de la sorte, elle n'offrait plus qu'un camouflage hâtif, mais c'était pire que tout. Du mouillé dans les yeux, elle s'empara de la main de sa fée et, une jambe toujours hors de la carosserie et l'autre aux antipodes, lui demanda de l'embrasser.

— Pense à ton confesseur.

— Juste une fois.

Huit heures au cadran d'une montre de prix, étreinte de jeunes femmes au détour d'un chemin. L'une blonde, renversée sur le siège d'un cabriolet de marque italienne, et dont se distinguait sous la jupette de manieuse de raquette, dans l'impossibilité où elle se trouvait de serrer les genoux, le fouillis d'une blondeur entaillée d'une fine commisure... et l'autre brune, penchée sur elle et l'étreignant, minou au premier plan pour peu qu'on se trouvât dans l'axe de l'étreinte et qu'on osât porter les yeux à la lisière d'une jupe identique... Clarisse accompagna son redressement d'une caresse au visage rougeoyant de sa comparse, future bénéficiaire d'une machination qu'elle pardonnerait sans peine, puis la pria de rentrer le pied, de tirer un levier situé au-dessus d'elle. Revenue du côté du volant, elle rabattit une fixation semblable, déploya la capote, l'enfouit dans son logement. Mais alors qu'elle allait démarrer, un appel mystérieux, une injonction de la ramure, à moins que la chose ne provînt des profondeurs de la féminité, interrompit son geste. Elle prit la main de sa passagère, la plaça sur son ventre, vit alors basculer dans le noir et le rouge, comme d'une tour branlante, tout dessein de sagesse.

Mais qu'avait-elle promis, si ce n'est amener sa protégée, dans le meilleur état possible, à qui avait promis de la remettre sur pied, et cela fait de la connaître ? Elle hésita quelques instants, puis, tombée à son tour dans le vide, de la future épousée déboutonna la chemise, en écarta les pans, livra aux oiseaux en goguette une gorge menue qu'elle ne put s'interdire d'effleurer.

— Roulons, décida-t-elle, se déboutonnant à son tour.

— Mais… tenta de protester sa passagère, tant bouleversée qu'effarée du grand jour qui les allait livrer, en cette provocation, à des yeux effarés.

— Ma chérie, si tu combines vitesse et luminosité, que penses-tu que verra lautomobiliste aux yeux braqués sur la ligne d'arrivée ? Deux visages féminins, c'est tout. Et si nous ne portions rien, pas même le moindre string, ajouta-t-elle en remontant sa jupe, à part les poétesses, on n'y verrait que du feu. Alors détends-toi, accorde-moi ta confiance et attache ta ceinture.

C'est ainsi que l'unique héritière d'une famille à la moralité sans faille (et aux avoirs immenses) la veille de son anniversaire fut arrachée au désespoir par une cousine aussi redoutée que lointaine, cependant accueillie comme l'eût été le Sauveur, et se vit emportée, cœur affolé dans les premiers instants, puis s'apaisant dans une volupté hors du commun, vers un institut de guérison des jeunes femmes et jeunes filles perturbées, dont celle qui l'avait arrachée à l'enfer psychiatrique n'avait cessé de vanter les vertus.

« Marie-Charlotte, ma tante, je vous en prie, cessez de

vous inquiéter pour si peu. Le docteur Lipovsky nous la rendra d'autant plus apaisée, d'autant plus belle que je vais l'y aider.

» Mais non, reprenait-elle, il s'agit d'une méthode pratiquée de longue date par d'éminents spécialistes, et enseignée au Massachusett Institute of Erotology.

» Comme chez le couturier, ma tante, exactement. Prise des mensurations, essayage, ultimes retouches, et ne restera à votre nièce qu'à reprendre ses cours. »

En attendant, bien qu'elle fût confrontée aux aiguillons de la libido, la nièce avait cessé de s'inquiéter. Déjà dans ce mystérieux Institut soudain deviné accueillant, elle n'aurait qu'à se dévêtir, ce qui prendrait trois secondes, puis à se laisser faire, comme chez le médecin ; en bref à s'abandonner à des soins, encore que ce serait différent de ce qu'évoquait le vocabulaire d'hôpital : il s'agirait en l'occurrence d'une thérapie pratiquée depuis des années par des docteurs en la complexité des femmes, tant dans les origines psychologiques de leurs désirs qu'en leurs aboutissements... Après quoi la chérie aurait droit, comme toute initiée de fraîche date, à un présent dont elle se souviendrait.

S'y sentait-elle prête ?

Suroxygénée qu'elle était à sa sortie de réanimation, de plus anesthésiée par les piqûres et les pillules dont on l'avait gavée, elle avait lâché prise, s'était laissé mener vers ce qu'elle percevait dans le sifflement de l'air : la possession de soi...

— Prête et archiprête, avait-elle répondu.

Parviendrait-elle cependant, fragile qu'elle demeurait, à s'abandonner aux caresses d'inconnus, elle qui n'avait frôlé les garçons que pour mieux se fermer ? Ce retour inattendu sur son passé lui fit si mal qu'elle ne fut plus soudain que l'ombre d'une pauvresse menée vers une clinique où l'attendaient des poignes.

Et la défloration que lui promettait Clarisse après qu'elle se serait soumise à ce qu'on attendait d'elle (et elle les connaissait, les appétits de certains), sera-ce là son cadeau ? La succession des pointillés de la route, la voix de sa cousine et le retour d'Amadeo, la main féminine venue se poser sur sa cuisse et rêvée de cet homme attentif à ses moindres pulsions, s'appropriant un petit sein et glissant à son ventre, n'osant encore lui ouvrir les genoux, ni se plaquer sur ce que cachait mal sa jupe, ainsi qu'elle voyait de Clarisse dont se distinguait Vénus, tout se fondait dans le combat désordonné du soleil et de l'ombre sous ses paupières mi-closes. À peine arrivée elle allait être prise en main, caressée, honorée, accompagnée jusqu'à sa renaissance par des virtuoses en volupté, des hommes échevelés et tendres ainsi qu'envisagé dans le brouillard tandis qu'elle se livrait à eux, brutes paraît-il délicates entre les mains desquelles elle se transformerait en pure palpitation, et qui la combleraient. Clarisse avait tout arrangé selon les confidences pêchées dans ses carnets, Clarisse payait la note.

Seulement, était-ce pure amitié de sa part, ne s'agissait-il pas plutôt de cette forme d'amour que se dispensent les femmes en marge des églises ? On la dévêtait, rêvait-elle, pour l'introduire dans un salon, puis on la priait de s'asseoir au comptoir où s'avouaient les désirs... mais avant cela on lui tendait une carte où les "Levrettes au poivre", les "Chattes sur canapé" ou encore, à l'intention des idiotes de son genre, les "Bécasses au cresson", cachaient sous des termes choisis des ébats autrement pimentés, des prises en main accompagnées d'introductions savantes, elles-mêmes précédées d'agenouillements suceurs... Mais voici que s'interrompait le défilement des arbres et que son Amadeo, par la giration arraché à sa proie, l'abandonnait aux forces centrifuges d'un virage un peu brusque.

De retour à la réalité, de nouveau confrontée à elle-même, elle se demanda par quel miracle elle ne rougirait pas au moment de présenter à un maître d'hôtel, certes discret mais n'en pensant pas moins, les indécences que dévoilerait pour lui, sous leur maquillage légumier, la transparence des mots...

« Un concombre en remplacement de la courgette ?... c'est noté, mademoiselle, mais pouvez-vous m'en préciser le diamètre ? » Elle se voyait alors livrer son âme... « euh, trois centimètres s'il vous plaît », de surcroît se dénuder et le vent la fouettait, et le vent l'incendiait. Elle ressentait l'appel du diable, aurait en cachette glissé un doigt vers sa touffeur si un coup de klaxon à vous crever les tympans ne l'avait pétrifiée. À sa droite un énorme train de roues surmonté d'une cabine, et par la vitre ouverte la pupille dilatée du chauffeur !

De part et d'autre accélérer à fond, semi-remorque heureusement dépassé, n'ayant pour tout recours que des coups de corne et des appels de phares, jurons dans une cabine où s'alignaient, vêtues de moitiés de maillots, des filles de bord de mer et de bars à routiers... Et cette Clarisse qui levait le bras à l'intention du prédateur, lequel agitait la main en signe de connivence !

— Il va nous signaler ! s'épouvanta la débusquée, les paumes en guise de soutien-gorge.

— Tu crois ?

— Ils ont tous la radio.

Clarisse écrasa le champignon, sema leur poursuivant dans la traversée d'un village ne laissant d'autre choix, à moins de désirer l'émeute, que la fuite en avant. Un autochtone les avait remarquées, s'était détourné de son arrosoir pour les suivre des yeux, en avait avalé son mégot, arrosé ses sabots au lieu de ses pots de fleurs.

— Clarisse...

— Plus que deux kilomètres.

Peu après en effet elles bifurquèrent dans un chemin de campagne, puis s'engagèrent dans une allée bordée de hêtres menant à un portail, une aire ensoleillée qu'atteignait la Lancia. De part et d'autre un mur de trois mètres de haut, dont l'ocre allait se perdre dans les rousseurs des frondaisons de Sologne.

Descendue la première, Clarisse s'en fut ouvrir sa portière à l'attendue des lieux, laquelle loupa, pour s'être pris le pied dans sa ceinture, sous l'angle de la bienséance son retour à la réalité.

— Superbe ! s'amusa sa cousine, la recevant contre elle. Voudrais-tu recommencer ? Et, dans l'oubli de ses résolutions, elle l'attira à elle et lui saisit les fesses, se vit de même étreinte et possédée.

— Je te déteste, murmura-t-on au creux de son oreille.

— Voulez-vous dire que vous m'aimez un peu ? Alors, couvrez ce petit sein et remettez votre culotte, nous entrons dans le monde.

Désolant, de retrouver le moule, s'avouèrent en silence ces dame et demoiselle rendues à l'ordinaire, l'une brune et l'autre blonde, vivant l'une comme l'autre dans le cocon de la prospérité mais non encore blasées, et décidées à ne point dessécher comme il advient aux femmes de leur milieu, souvent délaissées pour des putes, des bonnes portugaises, des bavaroises au pair, parfois même des messieurs en guêpières.

Mais pourquoi ce rappel, sous le soleil du mois d'août, de la misère du monde ? Bien qu'inquiètes l'une et l'autre pour des raisons ne regardant que chacune, et semblant se moquer du destin, elles paraissaient vibrer d'un désir de morsure, d'une soif d'être aimées — et surtout culbutée, comme en rêvait l'une d'elles dans le désordre de ses nuits. Mais voici que s'ouvraient, en réponse à la pression d'un doigt sur le bouton d'un interphone, les portes d'une propriété qu'on aurait pensée de brasseurs de devises, mais il n'en était rien. Et Clarisse d'expliquer qu'une philanthrope anglaise l'avait acquise quelque dix ans plus tôt, transformée de la cave au grenier, vouée à une fonction dont n'avaient connaissance que de rares initiés, puis revendue à Samuel Livenstein.

Remontées en voiture, elles s'engagèrent dans une allée de sable, dérangèrent des faisans au passage d'un bosquet, parvinrent en vue d'une gentilhommière pourvue d'un colombier.

Personne sur l'esplanade pavée, nul autre véhicule que leur cabriolet.

Juste une moto, un monstre caréné dont scintilla la marque, GoldWing, à gauche d'un escalier de pierre.

2 – *Bleu rehaussé de rose*

« Clarisse !... » Sarah Livenstein les accueillit dans une bibliothèque où crépitait un feu... « Et voici Judith je suppose. Eh bien, depuis le temps... »

Souriante, elle prit le bras de la nouvelle venue et la considéra.

— Un plaisir de vous accueillir. Si jeune, si fraîche...

Peu rassurée, la jeune fille aurait voulu se réfugier sous terre. Elle parut chercher un havre, n'en trouva pas, baissa les yeux devant la haute figure de la maîtresse des lieux, laquelle s'emparait d'elle pour la déshabiller des yeux, songea-t-elle, et l'apprécier non pas en thérapeute, plutôt à la manière d'une directrice de maison mise en présence d'une nouvelle recrue. Mais ne se trouvait-elle pas en ce lieu, justement, pour être examinée à la fois sur les plans physique et psychique, et la façon qu'avait cette femme de s'introduire en vous, de mesurer vos réactions, n'était-elle pas le meilleur moyen de juger de vos qualités ? Brusquement de retour, par les chemins tortueux de son vagabondage mental, sous l'appareil chargé, le lendemain de son geste désespéré, de prendre la mesure des battements de son cœur et de la densité de ses fluides, et craignant de fondre en larmes, elle tenta de trouver refuge dans l'examen d'un tableau qui lui sembla de Matisse. Manière de fuir la main venue lui effleurer la nuque, elle s'en fut alors se perdre, par-delà la croisée, dans la contemplation du parc, magnifique en cette heure. Mais pourquoi avoir allumé du feu, par un si bel été ?...

— Judith, vous semblez mal à l'aise, s'inquiétait cependant son hôtesse.

Mais que manigançait Clarisse, pourquoi ne lui venait-elle pas en aide ? Elle revit la clairière, le camion juste après et, en deçà de canards bleus et verts une barque sur l'eau, la morsure du soleil tandis qu'un garçon du lycée lorgnait sur ses genoux.

— S'il vous plaît, revenez parmi nous.

Elle revint, fut aussitôt entre les bras de Sarah, la tête sur sa poitrine comme s'il se fût agi de sa maman, mais ce n'était pas sa maman, ce ne pouvait être sa mère ainsi penchée sur elle et lui parlant avec tendresse. Dieu lui avait donné pour génitrice une statue de sel que même un bouc n'aurait voulu lécher, pour père un ruminant de fortunes, allez vivre avec ça, allez rire avec ça, allez donc avec ça regarder dans les yeux la responsable d'un institut d'épanouissement sexuel alors que la chair vous effraie, que vous n'êtes qu'une bécasse, votre vie un cauchemar de tordue poursuivie de miroirs. À qui parler de cela, de quelle manière parler, par quel moyen avouer ses turpitudes ? Les canards s'éloignaient, Seigneur, pardonnez à la malheureuse.

« Pleurez » entendait-elle à l'autre bout du monde.

Mais nul besoin qu'on l'y aidât, ni qu'on l'encourageât, ni même qu'on vînt la consoler. Ça lui sortait des yeux, ça lui coulait du nez, ça mouillait la belle robe de Sarah, bavait sur son épaule et ça se poursuivait, vous secouait de pire en pire, vous plongeait dans un gouffre où s'abîmaient pêle-mêle une route et un cabriolet, Matisse et la Sologne, un couple de mandarins, une parenté qui détournait les yeux... La superbe recrue qu'avait amenée Clarisse, un Kleenex par pitié...

On lui en tendait un, on la laissait pleurer, puis refouler ses larmes, peu à peu se calmer... On lui en tendait même un second en lui disant : « Voilà, terminé », mais on ne la quittait pas. Clarisse la soutenait au long d'un long couloir, la conduisait à un cabinet de toilette dont un liseré bleu rehaussait la faïence, et là l'aidait à se refaire une apparence.

Jeune, jolie ? Elle en convenait devant la glace, et désirable sans le moindre doute, malgré ses seins un peu petits. Mais qu'allait-on penser d'elle, si on fouillait son âme ?...

Qu'il était temps qu'on se penchât sur elle et qu'on s'occupât d'elle, lui fut-il répondu.

De la bienveillance à présent, de la tendresse dans les

yeux de Sarah. La maîtresse de cérémonie lui paraissait plus proche, plus accessible, encore que son front dégagé, malgré la volupté de sa bouche, lui conférât un je-ne-sais-quoi de dur.

— Vingt ans à peine et vous vouliez mourir... Vous seriez même passée à l'acte, si j'en crois notre amie.

Puis, après une pause :

— Cette mort que vous avez frôlée, la souhaitiez-vous réellement ?

Matisse et les arbres du parc, une terrasse au soleil, des rayonnages où s'alignaient des livres... De surcroît un parquet magnifique, un canapé de cuir, le rectangle d'une toile évoquant un désert de charbon et de cendres où se cristallisait ce qui semblait un œil... Prise de court, Judith répondit oui.

— Ne pouvez-vous m'en dire plus ?

Elle jeta un coup d'œil du côté de la fée mais la fée, les jambes croisées de biais, les bras sur les accoudoirs d'un voltaire, se contentait de la fixer.

— Clarisse, parvint-elle à répondre, m'a assurée vous en avoir parlé, vous avoir tout confié.

— C'est exact, et vous pouvez l'en remercier. J'aurais cependant aimé l'entendre de votre bouche. Mais si cela vous gêne...

Sarah Livenstein se leva, vint se placer devant elle, lui prit les mains comme pour mieux la faire sienne, mais se contenta de la fixer. Une trace à peine visible, un sillon de solitude, courait en diagonale sur un désordre charbonneux en lequel s'abîmait la lumière.

— Laissez ce tableau, Judith, et revenez parmi nous. Il n'est guère agréable, je vous l'accorde, d'être confronté à soi-même devant une étrangère. Aussi en resterons-nous là. Mais je note que vous ne vous êtes pas dérobée à ma première question. Aussi vais-je vous poser celle-ci : vous sentez-vous assez humble, après votre crise de larmes, pour accepter notre aide ? Et ferez-vous confiance à nos intervenants ?

La question était claire, la voix de nouveau caressante, et le front de Sarah Livenstein s'éclairait de l'aura d'une maman s'inquiétant du bonheur de l'enfant qu'elle tenait dans ses bras, de la petite fille que demeurait à ses yeux la jeune femme immature qu'on lui avait confiée. Elle la déboussolait, devinait-elle, la subjuguait en même temps, et cela était bon.

— Je le saurai, répondit-elle, à demi rassurée par les caresses dont on l'honora de la taille à la nuque, puis aux bras, à la gorge et au ventre, et qui lui semblèrent révéler chez la maîtresse des lieux un indéniable penchant pour le corps féminin. Mais pouvait-elle s'en offusquer, elle qui avait apprécié, il y avait moins d'une heure, les charmes de Clarisse ? Et pouvait-elle encore juger de quoi que ce fût ? Depuis la halte dans les bois, il lui semblait ne plus comprendre rien.

Du fauteuil où elle se tenait à présent, genoux joints, elle voyait le sillon contourner ce qui semblait un village africain appréhendé du ciel, puis se diriger vers un point en lequel se reflétait la baie vitrée. Mais le sillon se perdait dans les cendres avant d'avoir atteint son but. Comme si l'artiste, repoussant leur étreinte, avait refusé de marier ces deux-là.

— Ce tableau vous fascine, dirait-on. Appréciez-vous les noirs ?

Sarah lui précisa le nom du peintre, qu'elle oublia aussitôt, puis proposa du thé. Elle avait découvert, dit-elle à l'intention de Clarisse, un Darjeeling afghan qui leur donnerait du nerf — et du cœur à l'ouvrage, ajouta-t-elle avec un sourire entendu, en pressant un bouton :

— Mariette, ma petite, le thé dans la bibliothèque, s'il vous plaît.

Puis, de retour à sa patiente :

— En attendant, Judith, veuillez me confier votre culotte.

Lui confier …? Interloquée, la jeune fille demeura bras ballants, comme pétrifiée sur un chemin de cendres, se demandant si ce qu'elle venait d'entendre appartenait à la réalité... Sa culotte, Ici, maintenant, dans ce salon si joliment meublé, et devant sa cousine, sans compter la servante qui n'allait pas tarder ? D'une voix ne traduisant aucun trouble, Clarisse intervint alors.

— Obéis, ma chérie.

La chérie s'en fut donc se placer comme on l'y invitait — pas d'autre solution — entre une juge dont le regard la transperçait et l'avocate qui la laissait tomber. Privée de la possibilité de s'inquiéter de la teneur des lois, elle se vit alors glisser ses deux mains sous sa jupe, tirer son ultime protection, faire en sorte de l'enjamber sans perdre l'équilibre (une bécasse !), ses baskets la gênant.
— Donnez.
Livré aux braises, le nylon parut fondre, émit une fumerolle et s'en fut.
— Votre jupe, à présent.
La jupe suivit le même chemin, et le haut la rejoignit dans un embrasement bleu.

D'autant plus nue qu'elle se trouvait devant deux femmes de leur côté vêtues, qu'elle demeurait chaussée et par là, en vertu de pulsions qu'elle ne contrôlait pas, poussée vers le grand air et le survol des parc, le franchissement des clairières et des routes, elle flottait dans le rêve de quelque romancière acharnée à sa perte avec, en prime, dissimulé par les tentures, un président directeur général négociant son achat. On la priait de se tourner, elle se tournait alors et offrait la cambrure de ses reins, de s'accroupir et elle s'accroupissait, de s'étendre à présent bras en V, puis de ramener les genoux sur sa poitrine, enfin de les disjoindre... Elle se sentit alors qui s'ouvrait par-dessous mais ce n'était plus dessous, c'était en pleine lumière, devant un parterre de médecins attentifs, un cénacle de sexologues lui conseillant de faire le vide et de fermer les yeux, de reposer les pieds sur le tapis, de les croiser sous ses fesses et, summum de la soumission, de livrer à l'immensité d'un désert où se pressaient des nègres son trésor de jeune fille... Et la voix de poursuivre : *Allongez les jambes... inspirez à fond... expirez lentement en rentrant l'abdomen... une fois, deux fois... trois fois...* et le monde entier de voir.

« Je ne me suis pas trompée », lui murmurait à présent la voix venue de si loin que l'espace avait dû s'étirer, ses limites s'éloigner tandis qu'une main chaude, posée au seuil de son intimité, portait le ravage à son comble. *Une très belle jeune fille*, crut-elle alors entendre, et se fit un silence que traversa le sifflement d'une braise, l'explosion d'une étoile. Un silence hors du temps car le temps s'était à son tour distendu, et les tambours du sang mêlaient en un même magma les siècles et les secondes, la mort et l'enfantement. Du présent ne subsistait qu'une fraction de seconde, et dans cette abstraction la perception d'une géante qui devait être soi.

— Éprouvez-vous de la honte ? interrogeait la voix, soudain si proche qu'elle en sentit le souffle, la main glissant vers un genou.

— Oui, agonisait-elle.

— Et avez-vous envie de disparaître, ou ressentez-vous une forme de plaisir ?

Deux larmes perlaient à ses paupières, allaient s'en détacher, ruisseler sur ses tempes... Mais ce n'était plus le désespoir qu'elles risquaient d'exprimer, plutôt les prémices de la paix, le retour de la colombe. Pourtant, on ne la berça ni ne lui offrit le sein, ni rien de ce qu'elle espérait du fond d'elle ne savait plus quoi, peut-être un nid d'oiseau, une matrice où se lover.

Elle se cacha le visage.

— De la volupté ? lui proposait à présent Sarah.

De l'humiliation d'être ainsi débusquée monta en elle une chaleur qui devait être ça, la volupté dont tant de romanciers parlaient...

Elle n'hésita ni ne chercha à fuir, elle répondit que oui.

— Alors ouvrez les yeux.

Elle livrait à présent sa raison mise à mal, se réfugiait sur une poitrine amie, s'abandonnait à sa chaleur.

C'était affreusement bon, cet équilibre entre la glace et le feu, la mort et son contraire. Le sillon du tableau atteignait la pierre noire, la gorge de Sarah fleurait l'herbe coupée, la plaine en son offrande.

3 – *Nuancé rose*

— Ma chérie, dit Clarisse en lui tendant un dépliant, voici qui répondra à quelques unes de tes questions…

Institut Livenstein
Épanouisssement de la féminité.

Passée la première épreuve, vous vous interrogez : pourquoi cet examen ?
Afin de vous répondre, permettez-nous de vous poser à notre tour une question : Comment un maître de cérémonie disposerait-il ses hôtes s'il demeurait dans l'ignorance de leurs affinités ? Et comment vous guider, vous, si votre physique et votre mental nous demeuraient obscurs ?
Dans la bibliothèque, nous avons affiné ce que nous connaissions de vous.

Vous êtes-vous débattue, repliée sur vous-même ? Avez-vous trouvé refuge en quelque forteresse intime ? Si tel fut le cas, nous vous viendrons en aide, nous vous mènerons sans vous heurter vers ce que vous souhaitez sans oser vous l'avouer : le franchissement des barrières qui vous emprisonnent, et aussitôt, dans une relation amoureuse assumée, en plus de l'ouverture psychique indispensable à l'accès au plaisir, le don de votre personne aux énergies du monde.
Cependant, votre accès à la volupté ne saurait constituer notre seul objectif. Dans un premier temps malgré tout, de manière à vous libérer des phobies qui vous bloquent, notamment de vos répulsions devant des pratiques par vous jugées inacceptables, nous vous aiderons à dépasser les interdits qui jusqu'ici, en opposition flagrante à votre imaginaire, vous ont emprisonnée… Ensuite, permettez-nous de résumer.

La sexualité fut attribuée aux êtres vivants pour la perpétuation de leurs espèces, avec pour chacun d'eux, qu'il appartienne à l'air, à l'eau ou à la terre, la faculté d'en tirer du plaisir. Mais dans le cas de l'être humain, la sexualité peut également mener à la transcendance, devenir transport vers l'infini, une arche tendue vers le sacré. Au travers des tâtonnements qui le font progresser malgré tout, chacun recherche sa plénitude, son illumination. Parti de l'animalité, il s'efforce si bien d'atteindre à la Lumière que le divin devient pour lui, par le biais de son adhésion aux lois de la Création, non seulement le moteur de son développement mais le but de son évolution — but certes inatteignable, puisque situé dans l'infini, cependant offert à chacune et chacun d'entre nous.

Sachez cependant qu'un tel cheminement vers la liberté, la pleine conscience et l'amour n'ira pas sans souffrance pour certaines d'entre vous. Agrippées aux croyances qui leur furent inculquées, réfugiées dans des convictions qui leur sont étrangères mais auxquelles elles s'accrochent comme la bernique à son rocher, et ne voulant rien remettre en question, elles se seront si bien barricadées en elles-mêmes, si bien soustraites aux forces de l'évolution qu'aucun progrès ne pourra les atteindre, aucune lumière les amener à grandir. Or, privée des photons de l'espace, toute féminité s'étiole, devient avec de mauvaises rides le terrain d'élection de la souffrance et de la rancœur.

Nous savons également qu'une libération trop brutale, par vous perçue comme un coup de poing, une intrusion inadmissible en votre Moi, autrement dit comme un viol, engendrerait des réactions de repli. En évitant tout faux pas, nous ferons donc en sorte de vous traiter avec tous les égards, et de telle sorte qu'à la fin du jour, en couronnement de vos efforts et des nôtres, rien ne nous rendra plus heureux que votre épanouissement, plus fiers que la félicité et la beauté dont vous jouirez alors.

Vous êtes-vous au contraire soumise à notre observation sans vous sentir meurtrie, êtes-vous passée outre à votre pudeur ? Dans ce cas vous avancerez à grands pas, pourrez avant longtemps faire profiter de votre fantaisie, de vos caprices et des plaisirs nouveaux que vous vivrez ensuite chacune de vos semblables, enrichir de la sorte les menus de l'Institut. Et bien sûr, de même que la parente ou l'amie qui vous aura invitée à nous rejoindre, vous confierez à nos intervenants celles de vos relations qui auront eu, peut-être grâce à vous, la volonté de porter le regard au-delà des barreaux de leur cage.

Pour en venir à la "carte" dont a dû vous entretenir votre marraine, c'est-à-dire à ce que nous offrons à chacune, nous pourrions vous la tendre et vous laisser choisir. C'est ainsi que nous procédons avec nos initiées, encore que nombre d'entre elles préfèrent confier à une amie le soin de les surprendre. Mais à vous, novices dont la pudeur — ne voyez-là aucun mépris — risquerait d'être malmenée par des mots trop précis ou trop crus, ou par des périphrases par trop évocatrices, nous conseillons de vous en remettre à l'expérience que nous avons acquise. Votre marraine nous a entretenus de vos attentes, nous n'ignorons rien de vos secrets, non plus que de vos aversions et de vos attirances. Instruits de la sorte, et désireux de ne pas vous blesser, nous savons en quels lieux vous mener sans dommage, à quelles mains vous confier, de quels onguents vous assouplir.

Dépouillée de vos vêtements, vous allez suivre à la lettre le programme établi. Ne vous affolez pas de certaines privautés, ne vous dérobez à aucun attouchement, non plus qu'à aucun des caprices, à première vue choquants, de l'un ou de l'autre de nos thérapeutes. Sachez en effet que ces hommes (et ces femmes pour certaines d'entre vous), on ne peut mieux équilibrés puisque formés aux philosophies et pratiques de l'Orient, n'ignorant rien non plus des résultats de la psychanalyse, n'ont pas choisi à la légère de se mettre à votre service durant les quelques heures que vous allez passer en notre compagnie. Ils ont à cœur de vous combler, ils éprouveront un incomparable plaisir à vous entendre les supplier de vous mener plus loin.

Ils seront vos servants d'un instant, d'une heure ou plus, mais non vos serviteurs : vous leur obéirez, ainsi qu'en amour toute femme obtempère, fait sienne la volonté de son seigneur, du moins avant qu'elle ne soit assez libre pour inverser des rôles. Sachez aussi que tout manque de respect à l'égard de l'un d'eux vous conduirait au châtiment du fouet.

Soyez soumise, délicieuse en vos abandons, et vous repartirez souriante, comme l'est toute femme dès lors qu'on l'a comblée.

Un doux, un délicat baiser sur votre front, ainsi que nos encouragements avant de vous livrer à ce que vous attendez et redoutez, avec cette ultime précision : que vos expériences antérieures aient été choquantes, désagréables ou douloureuses, que vous ayez juré de ne plus jamais vous y soumettre, oubliez-les, accordez-nous votre confiance, livrez-vous corps et âme.

Vous allez naître Femme

Sarah Livenstein

4 – *Vert soleil, rouge portique*

De retour au salon en compagnie de Mariette, servante en coquin tablier, Sarah trouva Clarisse et Judith enlacées, l'une toujours vêtue, l'initiée, l'autre en sa seule virginité, la novice, pour la félicité de laquelle on avait engagé une troupe de masseurs, de psychologues et de gymnastes, déniché la plus chère des motos, dépensé des fortunes. C'en était d'autant plus touchant qu'elle était vraiment belle, cette héritière de la fortune des banques, l'entortillement latéral de ses tresses la rapprochant de l'abeille, la blondeur de son poil ne cachant rien de son intimité de fille.

Clarisse se dévêtit à son tour, et l'une et l'autre entreprirent de passer les vêtements en tous points identiques, à l'exception des tailles, que leur tendait Mariette : une paire de chaussures de jogging, dont elles fixèrent avec soin les attaches — taillées toutes les deux pour le cent mètres haies, apprécia leur hôtesse lorsqu'elles se redressèrent, offrant en parallèle leurs beautés différentes —, un soutien-gorge ensuite, aux bretelles à l'épreuve des tractions les plus rudes, puis un tee-shirt les moulant au-dessus du nombril, un short enfin, qui ne leur couvrait que la moitié des fesses.

De dos, songea Clarisse, Judith devenait une véritable bombe, une égérie de conducteur de Mack, mais conservait de face une telle grâce dans l'effroi de se sentir si peu vêtue derrière qu'elle en ressentit un picotement, comme en provoque chez certains collégiens une copine de classe trop joliment roulée pour qu'on pût lui confier ce qu'on espérait d'elle.

À propos de cette scène d'habillage, certains songeront qu'un déroulement inverse — le short en premier lieu, puis le soutien-gorge, le tee-shirt et enfin des baskets — eût été plus logique. Mais l'ordonatrice de l'épreuve, pour une raison qui ne regardait qu'elle, avait tenu à ce qu'il en fût ainsi : les pieds d'abord, afin de sublimer les nudités dans le redressement des corps, puis le haut, venu souligner en finale le creusement des reins et le rebond des fesses, le regard se portant aussitôt vers les attraits à peine dissimulés du bas.

Deux postérieurs taillés pour l'endurance et s'éloignant de concert, passant une porte qui se referma silencieusement sur eux.

Le programme débutait par une séance de jogging sous la férule du coach qu'elles allaient retrouver près du court de tennis. À la suite de quoi, expliqua Clarisse, elle-même s'étant concocté un menu l'éloignant de sa cousine (laquelle s'en inquiéta mais dut se contenter d'un clin d'œil), elles seraient séparées jusqu'à l'heure du repas. De son côté, décision sans appel de la maîtresse des lieux, Judith serait soumise à une série de massages "adaptés à son cas", ce qui la troubla au plus profond d'elle-même, à des "soins corporels", qualification qu'elle rapprocha d'intimes, on ne peut plus aptes donc à l'effarer, puis à un rafraîchissement qu'elle n'oublierait jamais. La tête lui en tournait, à cette pucelle en tenue de pécheresse. Lui tournait d'autant plus qu'elle venait d'entrevoir, descendue d'une conduite intérieure, une Asiatique plus nue que nue à laquelle, tenu en laisse d'une main négligente, s'attachait un bichon... Pubis entièrement épilé, embryon de caraco permettant d'apprécier une poitrine de rêve, entortillement autour des hanches d'une pièce de tissu dont un triangle minuscule, maintenu dieu sait comment, disparaissait entre les fesses.

— Clarisse... s'inquiéta la jeune fille quelques mètres plus loin, défaillant à l'idée qu'elle-même, en un tel équipage, aurait pu par les routes nationales piloter la Daimler paternelle, et d'autant plus troublée que le contraste entre l'exposition du buste et le semblant de protection dont jouissaient les arrières la transperçait de frissons... qui était-ce ?

— Il s'agit de Xu, mon poussin. Je te la présenterai.

— Tu as vu...

— J'ai vu. Et sois certaine qu'elle a fait halte sur différentes aires de repos, qu'elle a quitté le volant pour se faire admirer. Une exhibitionniste de sa classe devenue la partenaire d'un couturier on peut ne mieux inspirés, personne n'a jamais vu un couple s'amuser à ce point !... Mais j'y pense, ils donnent le mois prochain une soirée à laquelle, si tu acceptes...

— Je ne...

— Et pourquoi pas ? Si on te met en valeur...

— À sa manière à elle ?

— Ou autrement... Tel que je connais Charles-Henri, le créateur de ces petits riens dont tu viens d'entrevoir l'a-perçu, je l'imagine très bien s'intéresser à toi.

— Tu te moques, protesta la jeune fille, sentant se révéler la seule manière de fixer la moitié de bikini.

— Pas du tout, se défendit une Clarisse badine, la voix cependant brouillée par la vision d'un agencement en lequel il ne lui déplairait pas, à elle, de s'afficher devant le monde... Et loin de moi l'idée de dissimuler ta jolie petite gorge, ma chérie. Crois-moi, une belle échancrure sublimerait ta jeunesse.

À cette évocation, Judith s'en fut dans le tourbillon d'une terreur dépassée, dériva dans un maelström qui la conduisait, nattes défaites et poitrine en vitrine, en un palais républicain où on la présentait, non seulement la gorge découverte mais de même la toison, à de hauts personnages la fixant du regard allumé des amateurs de vierges.

— Tu es une détraquée, affirma-t-elle pour cacher ses pensées, se dévêtir plus avant de manière que l'on pût, complotait-elle, la posséder dès qu'elle y serait prête.

En attendant, la couture de son short lui rentrait dans les fesses et la ramenait sur terre.

Celui qui les attendait aux abords du tennis, et qui se dirigea vers elles d'une démarche souple, semblait un pur Hellène avec, en éclairement du front, la beauté des héros homériques. La Méditerranée en son incomparable bleu, Ulysse en vue des fortifications de Troie, songea Judith en remarquant son short, réplique exacte du leur. Le demi-dieu cependant la jaugeait, l'appréciait côté pile, la ramenait de face et lui souriait.

— Hélion de Chamarande, votre entraîneur. Heureux de vous connaître, mademoiselle.

Traitement différent pour Clarisse, aux lèvres effleurées, main promenée sur les reins.

Un bref claquement de doigts les convie à trotter côte à côte, à ne pas se laisser distancer sur un sentier ne pouvant accueillir que deux personnes de front.

Le moniteur en tête, les jeunes femmes coude à coude à quelques pas de lui, regards attachés à sa nuque, à ses épaules, puis au triangle de son short, à ce qu'il révélait ainsi qu'il en était pour elles mais chez lui plus étroit, plus ferme, musculature que soulignait le franchissement de l'ombre et le fouet du soleil, esprits accaparés par l'alternance des contractions, rythme s'accélérant, souffles précipités... Et hop, à elles d'offrir leurs arrière-trains largement dévoilées, de sentir se fixer sur leurs croupes un regard les poussant vers leur but comme l'aurait fait le vent, la peur ou le souffle du désir. Poitrines fermement maintenues par bonnets et bretelles, à l'abri donc de toute mésaventure, elles couraient de concert, une-deux, une-deux, inspiraient par deux fois puis expiraient de même, hum-hum, hou-hou, et leurs joues se coloraient, leurs muscles s'échauffaient tandis que la fraîcheur les traquait par-dessous, leur brossant de leurs personnes une série de posters à enflammer les forçats de la route. Judith, dans un assombrissement de la ramure, put même s'imaginer sans short, ce qui la contraignit à forcer son allure, sa compagne l'imitant, le mâle toujours sur leurs talons, son souffle dans leur cou...

Virage à gauche, et le sentier grignoté par les jambes de mener à un portique devant lequel, séparées du manoir par une pelouse lissée, les joggeuses ralentirent et s'immobilisèrent, le souffle court, pour s'accrocher à la structure de fer. Le sang les rougissait si joliment qu'elles se seraient volontiers relâchées si Hélion, de la brune emprisonnant les hanches et de la blonde le regard intimidé, ne leur avait désigné une piste dont le parfait ovale semblait n'attendre qu'elles.

Mais voici que Clarisse pâlissait, qu'une langueur la déposait aux pieds d'Hélion, l'emprisonnait de deux bras dorés.

— Mon Hélion…

Une telle privauté mènerait assurémént la cousine au fouet mais leur moniteur, loin de s'en offusquer, paraissant même s'en amuser, entendait pimenter l'exercice en invitant Judith à les rejoindre, ce qu'elle fit. Son poignet droit fut au niveau des reins à l'autre réuni tandis qu'on la pressait sur soi, qu'on lui posait les lèvres sur le front, qu'elle ne savait pour quel comportement opter alors fermait les yeux et se laissait flatter par une langue à présent promenée sur ses lèvres. Mais on ne cherchait nullement à pénétrer sa bouche, on tentait simplement — mais peut-être s'égarait-elle, dénuée qu'elle était d'expérience — de l'amener à comprendre qu'il n'est guère éprouvant de plaquer contre un corps de garçon une féminité inquiète.

— Tu trembles ?

Depuis les hauteurs du ciel, son entraîneur la regardait comme l'avait regardée Sarah après qu'elle s'était dévêtue. Pourtant tout différait. On ne disait rien de son physique, on ne faisait aucune allusion à son comportement passé, non plus qu'à sa retenue, mais c'était pire : la traitant en égale d'une haute initiée, on la plaçait sur un même plan pour finalement la pousser, innocemment, vers des exploits dont on feignait de croire qu'ils ne poseraient d'autre problème que la maîtrise du souffle.

— M'obéiras-tu ? lui demandait le moniteur au regard comme la mer.

Et le voici soudain qui leur intimait l'ordre de lui confier leurs shorts.

Silence consterné, au point qu'il lui fallut préciser :

— Vous ne portez rien dessous, je sais.

— Enfin, ce n'était pas…

— Ce n'était pas, en effet. Mais relisez le règlement.

Échanges de regards, vaine espérance en un changement de programme, la question déjà n'étant plus de savoir s'il fallait obéir mais, puisqu'il le fallait, laquelle des deux s'inclinerait la première.

En dépit de sa pudeur, mais en vertu de son éducation, c'est à Judith que revint la palme du plongeon — enfin... de l'enjambement gracieux, et cette fois sans sa jupe, de ce qui ne la protégeait guère, mais tout de même. Nue des chevilles à la taille, elle se redressa devant le dieu du stade au moins aussi blond qu'elle, au moins aussi fier qu'elle de ne rougir qu'à peine, et lui remit son trophée. Elle ne pensait plus, enfin ne pensait plus grand-chose, sentait seulement que sa vie basculait, revoyait de Clarisse l'impeccable buisson, et se rendait compte que le soleil cognait.

Une tape sur les fesses les poussa vers la piste dont devaient s'effectuer deux tours consécutifs, non plus sous protection, comme tout à l'heure sur le sentier, d'un accompagnateur aux petits soins pour elles, mais sous contrôle d'un manager — si tant est, songeait Clarisse, que le drôle pût encore manager. En apparence, imaginait de son côté Judith, il s'accrochait à son rôle comme la filleule à sa marraine, mais peut-être n'était-il qu'un stagiaire sans réelle expérience, un novice lui aussi, chargé de leur éducation par quelque académie de libération des post-adolescents. Car s'il entrait dans l'objectif de l'institut dirigé par Sarah d'épanouir les vertus féminines, devait bien exister quelque part une école similaire où l'on faisait courir devant le sexe faible, sur une piste de plein air, de jeune gars dévêtus, par là privés de leurs prérogatives et doux comme des agneaux.

Hum-hum hou-hou... hum-hum... Chevrette libérée de ses liens, levrette aiguillonnée par l'absence de collier, derrière et ventre nus, conscience à la dérive, Judith prit rapidement la tête puis se laissa rattraper, distancer mais de peu, juste le nécessaire pour mesurer ce qu'elle offrait de sa propre personne, c'est-à-dire la vision d'un maillot ajusté sur le torse, ce qui semblait normal dans le cadre d'un entraînement, mais plus rien sous la taille, et là ce l'était moins. C'était ainsi son double que lui offrait de sa cousine l'éclairement du popotin et l'ombre en creusant le sillon, hum-hum, hou-hou, formes à ce point assouplies par d'innombrables galanteries qu'elle manqua s'étaler — misère des relevailles songea-t-elle, d'autant qu'un nouveau personnage, caricature de jardinier en chapeau de paille et tablier, délaissait sa brouette et se tournait vers elles pour les suivre des yeux.

Hum-hum, hou-hou... Elle riva sa pensée à l'action de ses cuisses, la gauche, la droite, hum-hum, hou-hou, commando d'amazones en une propriété privée, et que le jardinier s'attache à elles, que le monde entier les voie elle s'en fichait pas mal, hum-hum, hou-hou... si bien que le reflet de sa nudité dans le miroir de la pelouse, la conscience de sa propre indécence au souvenir d'une autre, l'épilée s'éloignant, roulant du postérieur pour qu'on la remarquât, la menèrent à des images moins chastes, à des envies d'écartements, de hauts levers de jambe au franchissement de buissons chatouilleux, d'accroupissements à la fourche des chemins, pas de culotte à remonter, pas de jupe à rabattre sur soi, hum-hum, hou-hou, cèpes et coulemelles en remplacement de canards ...

Hum-hum, hou-hou... le jardinier reprenait son ouvrage, empoignait son râteau , hum-hum, hou-hou, ne restait qu'un demi-tour, un quart de tour à peine avant que le chronométreur n'accueillît ses poulettes, une moitié de soi pour la taille de chacune, une serviette à chacune... Et cette Clarisse qui ne se gênait pas pour en porter l'éponge à son intimité, s'en tamponner comme si nul n'était là, comme s'il était naturel de se comporter de la sorte, un étranger la regardant sans détourner les yeux, sa cousine quant à elle se cachant le visage.

— Hélion chéri, apprécies-tu Judith ? s'amusa-t-elle lorsqu'elle eut terminé. De la jeune fille saisissant alors une épaule, elle la tourna vers le garçon qui eut ainsi tout loisir d'apprécier la recrue, l'intimidée en ses rougeurs et renoncements, la chamboulée de tant de libertés prises à son encontre, à son corps défendant, à son corps frémissant reluqué sans manière, avec en toile de fond, mais invisible hélas, le fiancé qui lui était promis.

Serait-ce le beau gymnaste qui l'allongerait ce soir à ses côtés, achèverait de la déflorer ainsi qu'on avait murmuré qu'il le serait ? Le jeune homme la fixait, lui parlait avec dentillesse en l'attirant sur lui, lui effleurant encore la nuque, les épaules et les bras jusqu'à l'extrémité des doigts, glissant ensuite la main vers ses formes arrière, l'amenant à une conscience nouvelle.

Bien qu'elle se vît pieds et poings liés, et bien que ne s'offrît aucune échappatoire à ce qu'on mijotait dans les secrets de l'Institut, elle accepta de n'être plus qu'objet et sentit, sous la main délicate et pudique du jeune homme, ses portes s'entrouvrir. Les yeux dans ceux d'Hélion, puis dans l'échancrure d'un tee-shirt qui laissait deviner une pilosité aimable, elle atteignait ce point où l'imaginaire tend la main au réel, où le tangible épouse le fantasme. Elle fut ainsi un court instant aimée et dévêtue par lui, et investie par lui, et honorée comme elle rêvait et redoutait de l'être. Elle regarda le garçon, un garçon de son âge, qui ne lui faisait pas peur.

— Embrassez-moi, dit-elle, fermant les yeux pour qu'il ne pût deviner ce qui se tramait en elle... Mais le jeune homme se contenta de poser sur ses lèvres la plume d'un baiser qu'elle eût aimé profond, la prenant toute, pour voir ce que cela faisait. Puis il l'abandonna, reprit son rôle de manager, de dompteur de jeunes femmes et, tandis qu'une claque amicale les ramenait à l'entraînement, lança un ordre bref. Le rêve alors bascula dans un gouffre.

— Comment, s'indigna Clarisse. Saute-mouton fesses à l'air ?... Tu es malade !

Mais leur manager les attendait déjà, épaules en ettente et mains sur les genoux, et le manque de recul, doublé de l'obligation de prendre son élan avant de décoller, mua en une déviation surréaliste le jeu pratiqué autrefois en cours de gymnastique sous l'œil inquisiteur de bonnes sœurs à cornettes. Clarisse bondissait sur ses semelles, plaquait les mains sur le dos du mouton, s'ouvrait dans un rapide envol puis revenait à son point de départ pour voir à son tour s'élancer et sauter sa compagne, qui de même revenait et voyait ce qu'elle venait d'offrir. À l'évidence, sa blondeur l'exposait un peu plus mais pas le temps de finasser, la terre vibrait sous les baskets.

Et se poursuivait l'épreuve, leur coach les observant à présent dans l'alternance de leurs élans et de leurs sauts, leurs redressements successifs et leurs prises de posture, jambes à angle droit, tête dans les épaules tandis qu'on se préparait à s'envoler... — et hop, toison brune ! et hop, toison blonde ! — touffe brièvement dévoilée de qui sautait le mouton, en plus complète exposition de qui prêtait son dos, la brune suivie de la blonde, la blonde enchaînant sur la brune, tee-shirts mouillés qu'on leur conseilla de quitter.

Court moment de détente et le rêve repartait vers une nouvelle spirale, l'entortillement entre les jambes d'une corde à nœuds cramponnée à deux mains, serrée entre les semelles dans une contre-plongée qui vit Clarisse, mollets gainés de fourreaux protecteurs, s'élever dans le plus simple appareil, à l'exception de son soutien-gorge, vers les hauteurs d'un ciel que traversait une barre. Spectacle hallucinant dont l'entraîneur Hélion, fin connaisseur de l'émotion des femmes entraînées de la sorte, appréciait le détail lors de l'élévation, puis dans le sens inverse après que fût atteint le but dans une contraction des cuisses suivie d'un étirement du buste. Puis ce fut à la blonde de se protéger des frottements du chanvre et de saisir la corde, de s'élever et de livrer, à qui levait les yeux et ne les baissait plus, ce qu'elle n'avait osé regarder quelques instants plus tôt. Mais s'agissait-il encore d'elle, était-ce bien elle, Judith Garancière, en ce ciel sans bavure, qui à la force du biceps portait conjointement les pieds jusqu'au nœud supérieur, livrant au spectateur tant le détail de son trésor que le fondement de son être ? Elle atteignait son objectif, frappait la barre et redescendait dans un demi-brouillard, une perdition totale... Ne lui restait qu'à recouvrer un semblant d'équilibre, à s'éponger le front pour de nouvelles figures.

Hélion commença par Clarisse, qu'il délivra de son soutif, fit se placer dos contre lui, jambes en V, paumes plaquées sur la "couture du pantalon".

Inspirer à fond, lever les bras dans le prolongement du corps... — *suivez bien l'enchaînement, Judith, vous devrez faire de même* — puis se casser au niveau des lombaires, aller toucher le sol avant de se redresser, de reprendre la position et de recommencer trois fois.

Rien d'inconvenant quand on restait de côté, constatait la jeune fille, encore que l'affaissement du buste de son aînée, au moment du plongeon qui balançait ses seins moins bronzés par-dessous, fouettât sa libido. Mais son imagination poétique lui désigna bientôt le sillon que masquait le bassin du garçon et que devait presser, sous le tissu du short, ce qui le déformait. Elle en eut la confirmation en se pliant à son tour, se sentit défaillir lorsqu'elle crut qu'une raideur allait la pénétrer d'abord par l'entrejambe, puis par le trou des fesses, en une contraction des reins à peine perceptible, cependant volontaire.

Mais que se passait-il ? À peine achevée cette familiarisation avec l'anatomie du mâle, elle vit Clarisse revenir à Hélion, s'agenouiller devant lui et lui baisser son short, saisir une espèce de virole épouvantablement noueuse.

Se pouvait-il qu'un homme aux mains si délicates fût affligé d'une telle difformité ? Et se pouvait-il que Clarisse, si élégante et si instruite, pût ainsi l'engloutir ? Mais voici qu'Hélion se libérait et remontait son short, jetait un coup d'œil à sa montre, décidait du retour.

Deux jeunes femmes dévêtues au bras d'un garçon qui tentait d'être digne et y parvenait presque, l'une à sa droite, l'autre à sa gauche, l'une plaisantant et l'autre se taisant, toutes deux passant devant un jardinier qui soulevait son chapeau.

Puis on les vit s'incliner vers une rose, l'instant d'après pénétrer dans une pièce lambrissée, une sorte de boudoir, d'un canapé duquel se levait un nouveau personnage.

— Docteur Lipovsky, je vous présente...

Mais en fait de docteur !... Judith chercha une possible réponse dans les yeux de Clarisse, mais dut se contenter d'une caresse, puis de son abandon devant une espèce de brahmane, nu semblait-il sous les replis safran d'un drapé de gourou.

5 – *Rouge intense, blanc porcelaine*

Si vous le permettez, abandonnons notre héroïne à ses questions et empruntons, à gauche du hall d'entrée, l'escalier qui conduit à l'étage. De là, sur les pas de Clarisse, passons dans une chambre aux volets clos, puis laissons la jeune femme se glisser sous la douche.

— Somptueuse ! lui déclara Hélion tandis qu'elle réapparaissait, parée d'un peignoir bleu.

Sans plus de manières, il l'attira sur lui, plongea dans les siens ses beaux yeux.

— Pour un peu, ta cousine et toi me faisiez perdre la tête.

— Vraiment ?

— Au portique, vous auriez réveillé un mort.

— Et pas à saute-mouton ?

Dans la semi-obscurité, sans se hâter, mais des crocs dans les yeux, il la poussa en direction du lit et la fit s'y étendre. Bien qu'impatient de la prendre depuis qu'il l'avait vue courir et se hisser, et d'autant plus en forme qu'elle paraissait dans le même état que lui, il prit sur lui de la consommer d'abord des yeux, puis de l'extrémité d'un doigt, puis des deux mains jusqu'à la déraison qui l'ouvrirait à lui, l'aspirerait en elle, le ferait aller et venir en un éden dont l'ascension du portique lui avait désigné l'accès.

— Punis-moi d'abord ! le pria-t-elle en lui tendant un martinet dont les lanières, non pas de cuir comme celles dont on torture, mais d'une matière dont la destination lui apparut avec une telle clarté qu'il en chercha confirmation dans les prunelles qui se fixaient sur lui.

— Allez, méchant !

Il la vit s'étirer, se cambrer et se tendre vers lui, porter une main à son pubis... La vit encore qui le fixait, comme cherchant à savoir s'il n'allait pas se défiler, mais c'était le mal juger. Il aimait trop les femmes, et celle qu'il avait à merci éclipsait toutes les autres.

Du manche il lui tapote les cuisses, les contraint à s'ouvrir, à s'ouvrir plus encore, pointe le fouet vers le triangle d'ombre où se distingue la nymphe. Il en découvre les lèvres qu'il commence à frôler, à flatter du soyeux des lanières avant de porter haut l'instrument et de l'abattre sur le tendre, le précieux, le joyau féminin dont il embrase l'offrande avant de se mettre à genoux, de se porter vers lui, d'y assouvir sa soif.

— Encore ! dit-elle. Mais il désire la faire attendre, la faire le supplier afin de porter sa détresse à son comble et qu'elle s'offre comme peu de femmes le font, et qu'elle implore, et qu'elle se cabre en une famine les menant dieu sait où, et qu'il s'en goinfre, qu'il la fasse écumer et qu'elle s'accroche au fauve, au sauvage en besogne.

Elle le griffait tandis qu'il la mordait, qu'il la pillait, la forçait jusqu'à l'os... Et et les voici qui s'empoignaient, manquaient choir et, haletant, sueurs et liqueurs les collant l'un à l'autre, s'agrippaient l'un à l'autre pour ne pas se noyer.

Elle rit, elle pleure, elle appelle, il répond. Puis ils n'appellent ni ne répondent plus, s'accrochent à ce qui leur échappe, un tremblement de terre, le mirage d'une fusion.

Il la contemple en son retour sur terre, la baise à la pointe d'un sein, baise de même le bout salé de l'autre, se place sur le dos et l'installe sur lui pour continuer de la voir, continuer de s'en nourir, la caresser encore.

Elle désire le quitter pour sa toilette intime mais c'est ainsi qu'il l'aime, lui assure-t-il, *en jachère et fleurant la marée*, marée remontante et le voici qui lui ordonne de demeurer ainsi, en position de cavalière et que sa gorge se balance, et qu'il puisse la modeler, la soulever, jouer de sa souplesse tandis que s'écoule de sous elle ce qu'il éjacula en elle, senteurs d'iode et parfums d'océan, varech où se cachent les homards, table dressée pour eux, pour les amants repus.

— J'ai faim, dit-il en fourrageant dans une chevelure qu'il liait à à deux seins.

— Et moi j'ai peur, avoua-t-elle.

Elle voulut se lever, il la retint d'une main.

— Enfin, que crains-tu ?... Nous avons tout examiné, analysé le plus infime détail.

— Nous jouons avec le feu. À la suite du portique, elle a manqué tourner de l'œil.

— Elle m'a cependant fourni la preuve du contraire dans la minute suivante, en s'inclinant vers ses baskets. Crois-moi, son jardinet ressemblait plus à un volcan qu'à une allée de cimetière.

Elle le pince, il l'empoigne, la bascule et se vautre sur elle. La cuisse qu'il glisse entre les siennes lui rend de sa vigueur, il le lui fait sentir.

— Si je n'ai rien oublié, elle se trouve actuellement entre les mains de Lipovsky ?

— Et alors ?

— Dans le domaine des attirances, ton cher docteur n'est pas n'importe qui. Et je le vois d'ici se glisser dans le mystère du volcan.

Elle lui rend son sourire, s'éclaire si joliment que le manieur de fouet, la revoyant descendre du portique dans la tenue qu'on sait, n'a plus qu'à la cueillir, glisser un doigt dans son fourreau de femme.

Un doigts, deux doigts, son être entier s'il le pouvait... Il lui écrase la bouche, étouffe protestations et cris, boit à ses lèvres, à sa poitrine, à tout ce qu'elle lui offre, puis se porte plus bas.

— Pas ça, proteste-t-elle, je poisse.

— C'est à moi d'en juger.

Et d'en juger ainsi, après une courte lutte :

— Mon dieu, dans quel état t'ai-je mise !...

Et le voici qui la relève, la pousse vers la salle d'eau. Nul besoin d'allumer, suffisamment de clarté met en valeur la faïence du bidet.

— Si Madame le permet...

Lorsqu'elle se fut installée ainsi qu'il le voulait, non le nez face au mur en ménagère soumise, ni le ventre à portée de plomberie, mais tournée vers le jour en lumineuse amante, il s'accroupit près d'elle, l'enveloppa d'un bras, porta l'émotion de sa main vers la température de l'eau.

Pour elle nul ne saura jamais, mais en ce qui le concerne c'était la première fois qu'il procédait à ce genre de pratique, et c'est à peine s'il osait se lancer. Plus fragile qu'elle sans doute, et plus intimidé, il eut besoin de son regard avant de commencer, d'un baiser à la suite, et de sa main de femme sur son épaule d'homme, en forme d'acquiescement à ce qu'il entreprenait.

6 – *Vert feuilles, floraison or.*

Alors qu'Hélion de Chamarande avait à peine plus de vingt ans, âge en rapport avec celui des coureuses et sauteuses dont on peut supposer qu'il dirigeait d'ordinaire l'entraînement, l'homme auquel Clarisse venait de confier sa cousine accusait quant à lui une quarantaine d'années. Trop peu musclé, à première vue, pour la piste des stades, il avait le cheveu en bataille, et l'air de nostalgie flottant sur son visage, non dénué de malice, au contraire, lui donnait l'apparence de quelque clown, de quelque personnage de cinéma qu'on eût aimé choyer. À sa droite un Miró, à sa gauche la terrasse, sur le mur opposé un nouveau paysage de cendres.
Médecin, bonze tibétain, gourou tombé de sommets himalayens ? Judith ne put en décider.
En vérité, Florian Ivanov Lipovsky était un spécialiste de la libido des jeunes filles et jeunes femmes, notamment des manifestations, souvent mal définies, dont elles se prévalaient dans les domaines croisés de la chair et du cœur. Serviteur, donc, des dames et demoiselles aisées (sinon, de quelle manière aurait-il subsisté ?), mais également fin connaisseur (sinon, comment œuvrer à l'accès de dizaines de patientes aux transports de l'amour) des fonctionnements psychologique et charnel d'une bonne moitié de notre espèce — moitié des plus dignes d'intérêt selon lui. Féru d'hindouisme et de recherches tantriques, il posa sur la nouvelle arrivée un regard bienveillant qui la mit en confiance.
— Eh bien, dit-il à la jeune fille demeurée nue à l'exception de ses baskets et de la paire de chevillères qui, couronnées d'un buisson peu fourni, la rendaient on ne peut plus séduisante, je vois à votre mine que vous avez couru, et je vous en félicite. S'élancer par les bois et les prés dans le frais du matin permet d'ouvrir l'esprit, de réchauffer le sang, d'affiner les sens, et surtout de s'emplir d'énergie. À condition bien entendu de ne pas gaspiller

cet acquis dans les minutes qui suivent... Puis-je vous demander ce qu'il en fut pour vous ?

— J'ai suivi le règlement, lui répondit Judith, qui ne savait s'il s'agissait de lard ou de cochon.

— C'est-à-dire ?

— Je me suis conservée intacte.

— Même au portique ? Dans ce cas vous vous maîtrisez à merveille, jeune fille, et je vous félicite. Mais avant de nous entretenir de ce qui vous tient à cœur, désirez-vous vous rafraîchir ?

— Avec plaisir, docteur.

— Dans ce cas, dit le praticien, lui désignant une porte, vous trouverez là serviettes, bonnets, produits de beauté, abondance de parfums, tout ce que vous souhaitez... Prenez tout votre temps, je m'en vais quant à moi quérir pour vous une jupe et un chemisier.

Passée dans la salle d'eau, elle se savonna le cou, la poitrine, le ventre, les cuisses et les mollets, soigneusement les aisselles pour la raison qu'elle avait transpiré, avec application l'entrejambe et les replis qui s'y cachent car elle devait s'attendre à tout, sans doute à ces soins corporels promis par sa cousine. L'eau était douce et chaude, la faïence amicale, le savon à ce point odorant qu'elle ne tremblait plus. Elle se sentait même à ce point apaisée qu'elle se serait volontiers glissée entre les draps de quelque chambre fraîche, Hélion et Clarisse avec elle, ou Clarisse uniquement, ou seulement Hélion... ou le garçon du parc. À croire que l'ascension du portique, maintenant qu'était passé l'effroi, l'avait menée au bleu d'une liberté prometteuse.

Quelles autres épreuves lui seraient-elles imposées, et pourquoi des vêtements ? Dans son souvenir, elle devait rester dans le plus simple appareil durant sa thérapie, mais sans doute avait-elle mal compris les propos de Clarisse. Livrée à des jets tiédissants, fraîchissants puis carrément glacés sortis des sphères chromées dont se paraient les murs, elle ne sut s'il fallait s'en réjouir.

Lorsqu'elle reparut au salon, ses baskets à la main, elle remarqua qu'on avait apporté entre temps, et déposé sur une table basse, non seulement une carafe de jus de fruit et deux verres, mais également, à côté d'une coupe où flottaient des pétales, ce qui semblait des produits de toilette, ainsi qu'une éponge et un second objet, allongé celui-là, qu'elle n'eut pas le temps d'examiner. Le docteur Lipovsky revint à ce moment précis.

— Donnez votre serviette, jeune fille, j'ai là les effets qu'il vous faut… Pour les chaussures hélas, n'ayant rien déniché, je vous demanderai de garder vos baskets.

Décidé à ne rien perdre de l'habillage, le médecin prit alors place dans un fauteuil.

D'abord le haut, de façon à demeurer le postérieur et le minou à l'air le plus longtemps possible, ou au contraire le bas ? Avec l'accord tacite de Clarisse et Sarah, elle commença par se rechausser, enfila aussitôt et monta à sa taille une jupe aussi légère, aussi flottante et courte que la plupart des siennes, passa en troisième lieu un chemisier assorti, le boutonna comme il convient, puis en glissa les pans sous l'élastique de sa ceinture. Enfin prête, du moins le pensait-elle, et jolie comme un cœur dans cette soie d'un rose que rehaussait à la taille un liseré plus foncé, elle offrit au présent une satisfaction que gomma aussitôt le retour à la réalité : le docteur Lipovsky la fixait d'un œil noir.

— Comment trouvez-vous ces effets ? l'interrogea-t-il sans la moindre ironie.

Elle répondit qu'ils étaient agréables, qu'elle les sentait à peine, qu'ils lui plaisaient beaucoup.

S'inquiétant alors de psychisme, il lui demanda si elle s'y sentait à son aise…

— On ne peut mieux, docteur.

… s'il ne lui manquait rien…

— N… non, concéda-t-elle après réflexion. Enfin, je ne pense pas.

— Pas même ceci ?

Débusquée, la coquine ! Rougissant à la vue… non pas du petit slip dont elle avait omis de signaler l'absence, mais de la solide culotte que lui tendait le praticien, elle prit un air contrit, tendit vers le pardon une main de communiante. Mais l'expert en caprices n'entendait pas l'absoudre avant de lui avoir tiré les vers du nez —

demandé en l'occurrence si elle tenait vraiment à porter ce "machin".

Elle en resta sans voix.

Il lui avait pris les mains et les avait massées. Passant maintenant de l'une à l'autre, il en examinait les paumes, y pointait le démarrage chaotique de sa vie.

Qu'elle reprochât à ses parents certains de leurs comportements ne serait par pour l'étonner. Se trompait-il ?... En revanche, sa ligne de cœur semblait des mieux tracée. Pas d'aventure jusqu'à présent, mais une solide liaison dans les semaines à venir, une seconde quelques années plus tard, aussi passionnée que la première, laquelle comme il se doit avec son géniteur astral — qu'elle entende le papa qu'elle aurait souhaité (elle vit à ce moment paraître Amadeo et perdit une partie du discours) — en tout cas un transport peu commun — encore qu'entre les bras de votre second partenaire — qu'elle voie ce confluent moins net — s'annonçaient des difficultés. Mais qu'elle soit rassurée, elle serait d'ici là sortir de l'adolescence.

Il la considérait maintenant avec aménité, en tonton protecteur, mais ce n'était pas ce genre de relation qu'elle espérait — encore que sur les genoux de cet homme... et cet homme lui faisant les gros yeux, grondant sa petite nièce mais si tendre avec elle, si caressant dès lors qu'elle lui obéissait... Seulement, la culotte qu'elle avait enfilée lui privant le minou de sa nudité habituelle, elle espéra que le dépositaire des secrets du tantra l'autoriserait à s'en débarrasser, de ce truc. Du coup, de retour à ses fantasmes, elle se vit soulevée, renversée, embrochée sur le divan de la psychanalyse. Et l'embrasement se portant à son ventre, elle réalisa soudain, à la faveur du geste suicidaire qui l'avait transportée à la Clinique du Parc, puis livrée à Clarisse et déposée sur ce praticien, qu'elle n'avait avalé du Xanax que dans ce but : que ses désirs fussent assouvis.

À quels jeux érotiques, à quelles aventures amoureuses parviendrait-on à la soumettre, et quel est l'homme qui la lui enlèverait avant de l'accompagner aux champignons, sa culotte ? Elle la voyait tombée dans les feuilles mortes, s'imaginait elle-même aux pieds du fiancé l'invitant à s'asseoir, à ouvrir les genoux et le regarder l'approcher, l'entendre demander sa main, celle justement dont elle se protégeait... Elle espérait de la sorte ne plus devoir la retirer pour elle seule, sa dentelle, mais le docteur Lipovsky, avec cette poussière de charbon dans son dos, avec ces pistes africaines qui s'abîmaient avant d'avoir atteint leur but, semblait ne pas saisir. En même temps, ce qu'elle découvrait sur la table basse — une canule, une éponge et un gel à usage vaginal — la transportait en des lieux où on la contraignait, pour prendre la mesure de sa féminité, à une succession d'ablutions suivies de métiduleux rinçages... Pourrait-elle alors, honorée qu'elle serait en ld'impudents gargouillis, rendre à son tour les honneurs ? Cela lui semblait un abîme.

— Judith, vous me semblez désespérée.
— Je ne suis pas heureuse.
— Que vous manque-t-il ?

D'avoir depuis toujours dissimulé son drame, elle n'en savait plus rien. Dans son jardin de bruine se dissolvait une statue qu'avait désagrégée le gel, et demeurait devant un socle vide, abandonnée sur la banquise, une orpheline qui ne serait qu'attente, et dont il revenait à la médecine de mettre un terme à l'infortune.

— Judith, dit alors le témoin de son hiver — et elle en sursauta — venez vous asseoir près de moi, et regardons ensemble le portique... Vous avez brillamment réussi l'épreuve, mais l'avez-vous appréciée ?

Refoulant une larme, elle répondit qu'elle ne savait... c'était la première fois... n'avait pas pu dire non.

En avait-elle ressenti de l'effroi ?

Pas vraiment... enfin si : quand il s'était agi, avec rien d'autre que son soutien-gorge, de se hisser en haut.

— Vous avez compris à ce moment-là, supposa le savant, que vous alliez vous dévoiler comme il est peu courant de le faire — c'est-à-dire exhiber votre sexe à votre marraine et à votre gymnaste, votre anus par la même occasion. Je me trompe ?

— Pas du tout, admit-elle, épouvantée par l'éclairage brutal, sous des termes cliniques, de ces détails de son anatomie, du coup brûlant de les montrer, et qu'on en profitât sur le divan freudien. Mais le sage du Népal, s'il appréciait les genoux de sa patiente et le modelé de ses cuisses, ne semblait guère disposé à pousser plus avant l'aiguillon du tantrisme.

— Et qu'avez-vous ressenti ?

Elle finit par s'extraire de son gouffre, considéra les sourcils et le nez de son inquisiteur, lui répondit que sa cousine et le gymnaste n'avaient cessé de la lorgner, et que cet intérêt à son égard avait failli la jeter bas.

— Comme cela s'est produit quelques minutes plus tôt lorsque votre parente, sans s'inquiéter de vous, a porté à ses lèvres l'érection de son monieur ?

Comment le bougre savait-il ? Quelle sorte de complot fomentait-on à son insu, et de combien de lunettes, de combien de paires de jumelles avait-on contemplé sa détresse, mesuré les effets de l'oxygène sur sa pudeur en loque ? Mais sans doute n'était-elle que le cobaye d'une expérience quelconque, peu de chose en vérité, et devait-elle conserver son sous-vêtement de bure.

— Je n'en sais rien, docteur, répondit-elle. J'ai regardé ailleurs.

La réponse amusa Ivanov. Il considéra la pauvrette en sa fuite, lui assura qu'elle ferait avant l'aube, si elle le souhaitait, une splendide amoureuse, honorée des plus belles attentions.

Elle voulut répliquer qu'elle le voulait de toute son âme, qu'elle était mûre pour son entrée dans le monde, mais son inquisiteur ne lui en laissa pas le temps.

— Et nous le désirons autant que vous, croyez-moi ! Que serions-nous sans vous, nous autres mâles qui n'enfanterons jamais que chimères et sottises ? Et où en serions-nous si vous n'étiez à nos côtés avec vos yeux de biche et vos petites culottes ?... Eh bien je vais vous dire : nous divaguerions le braquemart à la main, chamboulerions le cosmos pour nous y dénicher. Comprenez-vous cela ? Mesurez-vous votre pouvoir ?

— Jusqu'à présent, je l'ai peu expérimenté, lui répondit

l'orpheline, plus à son aise dans le cocon des songes, où elle avait ses habitudes, que dans les forges où se façonne l'acier.

— Vous affichez une magnifique franchise, sourit alors son vis-à-vis, et j'éprouve du bonheur à suivre vos méandres, explorer vos sous-bois, mettre en lumière ce que vous y cachez… Mais revenons à notre sujet. Au pied du portique, avant de vous détourner de votre cousine, vous avez aperçu quelque chose, n'est-ce pas.

— En effet.

— Quelque chose de choquant ?

— Quelque chose qu'une jeune fille de ma condition, élevée dans le respect d'autrui, n'a guère l'occasion de regarder, ni de voir s'exposer.

— Vous même, cependant, lorsque vous divaguez par les jardins publics et les sentiers champêtres, ne faites-vous pas en sorte de les laisser deviner, parfois même de les mettre en valeur, ces détails de votre personne ?

Les mots la dénudaient, les mots se muaient en autant de miroirs déposés à ses pieds pour éclairer la moindre de ses entreprises, la plus infime de ses audaces. Elle se revit au jardin des Tuileries, puis au parc Montsouris, en eut froid dans le dos.

— Pourquoi me torturer, docteur ? s'entendit-elle s'inquiéter de si loin qu'elle crut à un dédoublement, revit sa désintégration dans les miroitements d'un bassin où voguaient des canards.

Son médecin l'invita à se remettre debout, puis la mena devant le canapé, la fit s'y asseoir en tailleur et s'installa près d'elle.

— Vous a-t-on mal nourrie ? Trop peu bercée dans votre prime enfance ? Abandonnée aux agissements de quelque prédateur ?

— Personne ne m'a aimée, répondit-elle en cachant sa détresse.

— Vous-même, vous aimez-vous ?

Elle eut un haussement d'épaules, mais ce type était une sangsue, une saloperie de psy. Et il en rajoutait :

— Ne vous offrez-vous pas aux miroirs à l'insu de vos parents, ne jouez-vous pas à vous effeuiller pour votre seul plaisir sitôt que vous êtes seule, que la fenêtre est grande ouverte, que le démon vous accompagne ? Rechignez-vous à vous parer de ces petits rien qui exposent beaucoup plus qu'ils ne couvrent, puis à vous pavaner devant des amants chimériques ? De même à vous accouder au balcon, de manière à vous exhiber ?

Non seulement Clarisse et Sarah Livenstein, mais lui aussi, le docteur Lipovsky, de même ce sournois de gymnaste, nul n'ignorait ses manigances, tout le monde avait lu ses écrits, , y compris le jardinier, dans ce fichu institut de maltraitance des filles !... Mais comment en vouloir à Clarisse ? Et comment ne pas pardonner, maintenant que le drame s'étalait à la une, que de la Judith irréprochable ne subsistait que l'inavouable et que ses poèmes, malgré leurs beaux rubans, ne désignaient que le côté maudit de sa personne ? Rapproché d'elle, comme si le mental d'une jeune fille débusquée de la sorte, en quelque sorte violentée, pouvait encore distiller la plus infime clarté, le docteur Lipovsky lui parlait à présent de la voix de la tendresse, en appelait à sa raison.

Devinait-il l'état de sa patiente ? Bien sûr, et plutôt dix fois qu'une, le salopard. Car il savait que les femmes apprécient le rudoiement, adorent qu'on les secoue pour mieux les cajoler — et celle-ci la première : il suffisait de se glisser sous l'entortillement de ses tresses, de percevoir sa prière au démon, son invocation à la Vierge Marie, dont une médaille prouvait qu'elle était là, protectrice de sa gorge menue.

— Vous humilier !... Avez-vous besoin de moi pour vous mettre en vedette ? Ne le faites-vous pas de votre propre chef dans les soirées mondaines ?

Elle eut un rire nerveux, mais un rire malgré tout. Il en fut soulagé, n'en poursuivit pas moins :

— De même dans l'intimité de votre chambre, dans le reflet des bassins, mais je dois en oublier...

Elle reconnut les faits, avoua que rares étaient les jours où la laissait en paix cette folie des sens, que ça la saisissait n'importe où, qu'elle ne recouvrait l'esprit qu'une fois passée la crise.

— Docteur, je suis malade.

— Toute maladie se soigne, lui fit remarquer Lipovsky, l'invitant à cheminer avec lui sur les chemins du flirt, à voir sa main de mâle glisser sur une cuisse blonde.

— Surtout quand la patiente est aussi désirable que vous l'êtes, ajouta-t-il en suspendant son geste.

Maintenant, pouvait-il la prier de satisfaire un de ses caprices ?...

Il s'agissait pour elle de se déboutonner, d'ouvrir les pans de son chemisier, d'exhiber sa poitrine... C'était là, lui expliquait-il, un rituel destiné à la mise en miroir de leurs penchants respectifs... — son inclination à lui, qui venait de se dénuder par l'aveu de son désir, et sa réponse à elle, la Sainte Vierge pendant ce temps — ne le sentait-elle pas ? — les couvant du regard.

Elle défit un bouton, un second et poursuivit jusqu'au dernier, puis se tint immobile.

L'ivresse en moins mais le sacré en plus, elle se trouva dans la même émotion qu'à la sortie du chemin forestier. À cette différence qu'un homme cette fois s'occupait d'elle, un homme aussi proche qu'un jumeau...

N'était-ce pas là une sorte d'inceste ?

— Mes seins sont minuscules, fit-elle remarquer.

— Sans importance, répondait-on. Seule compte l'émotion qu'ils procurent : celle que vous éprouvez à dériver ainsi, offerte aux sous-bois de Sologne et d'ailleurs, celle que je j'éprouve à mesurer de mon côté, dans la contemplation dans vos appâts de biche, la montée de ma puissance. Car ce que vous m'offrez là — voyez ces deux bourgeons — me trouble au-delà du raisonnable.

Sous cette provocation au narcissime, son thérapeute l'engageait à découvrir le tableau qu'elle offrait, l'invitait par la même occasion à ne plus redouter le désir de quiconque, et poursuivait en assurant qu'elle espérait, embryon d'amoureuse, le corps d'un homme où réfugier le sien. Mais ce qu'elle n'avait pas encore compris, selon les acquis de sa propre expérience, est que le braconnier de ses rêves attendait d'elle un éden identique.

— Mon cousin Gaspard, le plus mignon...

— Diable ! Si votre cousin vous plaît, pourquoi fuyez-vous les garçons ?

Elle répondit qu'elle ne savait au juste... peut-être à cause de son papa, à cause de sa grand-mère... ou encore se faisait-elle de l'amour une image trop parfaite, mais peu lui importait. Elle voulait un baiser, un vrai, sur la bouche, après quoi elle accomplirait sans broncher ce qu'on lui demanderait, avalerait les couleuvres, se soumettrait aux interrogatoires les plus indiscrets... Fermant alors les yeux, elle offrit à son questionneur une floraison de lèvres que celui-ci se contenta de frôler.

— Pourquoi une telle indifférence, docteur ? osa-t-elle demander quelques instants plus tard.

— Me prenez-vous pour un fantasme ? Je n'ai aucune raison de vous obéir. Le miroir que vous portez en vous vous renvoie de vous-même une image déformée. Devant la glace, vous vous muez en gourgandine, vous déclarez partante pour toute action osée, vos partenaires en bavent et vous leur en redonnez. Tout cela en toute simplicité, hormis le retour à la réalité. Mais ici, ma fofolle, vous vous trouvez en face d'un thérapeute.

— Et ce thérapeute me repousse !

— En aucune manière, mais ce thérapeute s'interroge : est-ce bien de lui, Florian Ivanov Lipovsky, dont vous attendez un baiser, une caresse, le glissement d'un doigt dans votre coquillage, et non de l'un de vos fiancés ?

— Où serait le mal ?

— J'aurai simplement profité de votre confusion pour satisfaire mes appétits, ce qui m'est interdit. Mon rôle est de vous préparer... non pas ...— redonnez votre main — non pas à vous offrir au premier venu pour fuir quelque démangeaison, mais à recevoir et chérir celui qui paraîtra devant vous, l'incendie dans les yeux. Or, dans le cas présent, ce n'est pas moi qui ai marché vers vous, c'est vous qui êtes venue à moi avec l'espoir que je vous satisfasse. Vous saisissez ?

Pour elle rien ne serait facile, poursuivait-on en la reboutonnant. Âme délicate, elle aurait à subir des épreuves à sa mesure, mais rien de bien méchant. Qu'elle fasse preuve de patience, et tout viendrait à point. En sus, que ses géniteurs aient été de sucre ou de glace, qu'elle fût venue au monde avec une fente ou un pénis, cela n'entrait en rien dans la répartition des cartes qu'elle avait reçues. Ainsi, en supposant que le destin l'eût gratifiée d'un zizi de garçon, rien ne serait changé, si ce n'est qu'elle séduirait les filles pour s'enfuir aussitôt, aller pleurer dans les épines.

À propos de garçons, savait-elle à quoi ressemblait leur sexe ? En avait-elle touché ?

Elle assura que oui, quand elle était petite, celui de son cousin Gasp... mais ne pouvant supporter le regard d'Ivanov, elle détourna les yeux.

Cette noirceur sur sa jeunesse, ce gris sur son présent, le charbon du tableau... Incapable d'en supporter davantage, elle fondit en larmes.

— Si malheureuse, docteur, vous ne pouvez savoir !...

Lui effleurant la joue et lui reprenant la main, il la laissa verser trois larmes, puis l'invita à se considérer.

— Vous pleurez le naufrage de vos illusions, vous ne voyez aucune issue à vos douleurs, mais vous vous abusez. À la différence de vos semblables, vous me semblez trop sensible, sous vos boucles blondes, pour vous être épanouie à quinze ans, seize ans ou dix-huit ans. Ainsi, alors que les filles de votre âge, sans se poser de questions et sans la moindre gêne, passaient de l'innocence à une maturité dont vous ne voudriez pas, du giron maternel aux bras de types mal dégrossis qui ne pensaient qu'à la leur mettre, eh bien vous prépariez par vos poèmes la venue de votre seigneur... Je ne vois là aucune raison de vous inquiéter. J'y sens même une richesse qu'il vous faut cultiver, nourrir, amener à son épanouissement. Vos soi-disant déviances ? Une manière de chercher votre voie, et rien d'autre. Pas de quoi fouetter un chat. À condition bien entendu d'évoluer, de quitter votre cellule devenue trop étroite, de dénicher la clé capable d'en ouvrir la porte.

Approché d'elle, il la fit s'asseoir sur ses genoux, lui prit les mains, la caressa des yeux.

— Heureuse, ma petite fille, vous avez tout pour le devenir, et je vais vous y aider. Nous sommes ici pour cette raison. Seulement, bien que voué aux naissances délicates, cet institut n'a rien d'une maternité ordinaitre.

À la fois parturiente et bébé à naître, vous y connaîtrez des moments doublement douloureux.

— Clarisse m'a prévenue : j'allais naître de moi, je m'en réjouissais, et vous qui me caressez pour mieux vous défiler ! Je ne vous comprends pas.

— Qui aurais-je embrassée, à votre avis : une jeune femme accomplie ? Plutôt son ébauche, et encore ! Mais puisque vous voici décidée à mettre un terme à vos souffrances, écoutez-moi : il faut d'abord, en génitrice motivée, que vous accouchiez de ce qui vous entrave. En même temps, mon bébé, que vous fassiez le maximum pour vous extraire de votre matrice.

Se révoltant une dernière fois, elle jeta au docteur qu'il était sans pitié et qu'elle le détestait, ce qui les amusa.

— Nous commençons à nous apprécier, ne trouvez-vous pas ?

Et ce fut soudain bon, rieur et chaleureux. Le mage devenu frère, elle sa disciple préférée, le soleil dardant ses rayons par la porte-fenêtre.

— Monsieur le magicien...

— Ma princesse ?...

— Au portique, tout à l'heure, j'ai eu honte. Honte pour Clarisse, et je le regrette.

— Pourquoi cette honte ? Et pourquoi ce regret ?

— Elle montait à la corde dans le plus simple appareil, je pouvais tout voir, elle risquait par là de ne plus être...
— enfin... j'ai redouté de ne plus pouvoir l'aimer.

Lipovsky l'éloigna comme pour mieux apprécier sa blondeur, son front lisse et l'arrangement de ses cheveux, avec le bleu mêlé de vert de deux yeux éclairés du désir de comprendre.

— Malgré le... et malgré la... je peux maintenant vous embrasser, dit-il en l'attirant à lui, prenant encore le temps de jouir de sa fraîcheur, de ses paupières baissées sur le rêve de toute femme.

— Mais ne vous y trompez pas, ma puce, précisa-t-il en se désenlaçant, nous sommes en thérapie.

— Croyez-vous, docteur Freud ? »

Ignorant la réponse, elle lui jeta les bras autour du cou et lui coupa la chique.

La fofolle hésitait. Se retrouver sans rien sous une jupe si courte qu'elle la sentait à peine, et non plus seule mais à califourchon sur le psychanalyste venant de l'embrasser sur la bouche, cherchant à recommencer, ne s'en privant d'ailleurs pas et lui mordillant un téton en lui flattant les fesses, lui semblait à la fois le summum du plaisir et la plus redoutable des épreuves. Elle en tremblait intérieurement, et cela se remarqua.

— Détendez-vous, lui susurrait le praticien en la réinstallant sur ses genoux et qu'elle fût à son aise... Posez les mains sur vos cuisses, permettez-moi de les couvrir des miennes, et parlez-moi du drame qui vous a mise dans votre position actuelle.

Elle devina le chapeau du jardinier, perçut le bruit du sécateur, prit une inspiration.

— D'abord à l'insu de ma mère, dans la salle de bain attenant à ma chambre. Ensuite j'ai osé les couloirs, puis la salle à manger à l'heure du déjeuner. Après quoi le salon, le jardin, même la salle de billard tandis qu'on y fumait le cigare. Je me suis ensuite enhardie, au point que j'ai exploré la campagne aux alentours de notre propriété de Senlis, en évitant qu'on me remarque. Peu après, j'ai osé le parc de Sceaux, hors des heures d'affluence, puis le parc Montsouris, beaucoup plus fréquenté. Enfin j'ai arpenté les rues, les boulevards, le marché, et même les Galeries Lafayette. J'enfilais d'abord des minijupes, puis des micro-minijupes que j'essayais devant la glace et que je raccourcissais de plus en plus, atteignant des limites que je franchissais à la moindre occasion... C'était exaltant et, je dois l'avouer, parallèlement épouvantable. Tout en redoutant le danger, il me fallait le titiller, aller toujours plus loin. J'obéissais à une voix qui me mettait dans des situations dont je ressortais tremblante, résolue à cesser. Je restais sage durant deux ou trois jours, puis la folie me reprenait...

— Oh, docteur, si vous pouviez me venir en aide !

— Je suis ici pour cette raison, ma chérie. Mais il faut m'en dire plus.

Elle réfléchit, sembla chasser une ombre, finalement se lança.

— Un jour, aux environs de Meudon, j'ai entrepris une partie de tennis avec une relation de mon père. Un homme bien bâti, au moins deux fois ma taille, dont je parvenais tant bien que mal à contenir les balles... À l'issue du premier set, alors que nous prenions un rafraîchissement, il m'a chuchoté qu'il éprouvait un immense plaisir à jouer avec moi, que j'étais une excellente partenaire et, rougissant comme un coq, une très jolie jeune fille. Ce dernier éloge, j'ai fait mine de ne pas l'entendre, si bien que trente secondes plus tard, prenant son courage à deux mains pour m'avouer son désir, il m'a demandé de lui remettre ma culotte. J'ai ouvert de grands yeux, je me suis récriée, si bien qu'il m'a aussitôt présenté ses excuses : sa femme l'avait quitté, il était seul, vous voyez le baratin. Seulement, ce qu'il ignorait, c'est que j'avais anticipé son caprice en me rendant aux toilettes...

— Pourquoi cela ?

— Peut-être poour le provoquer, pour me prouver ma force, pour me prendre à mon propre piège...

— Et de quelle manière vous en êtes-vous tirée ?

— Nous avons repris la partie et, sans blague, je n'en menais pas large. Je loupais mes services, je manquais les trois quarts de ses balles, et lorsque je devais me baisser pour en ramasser une, eh bien, sous prétexte de ne plus le tenter par la vue de ce qu'il croyait que je portais, et qui l'avait à ce point perturbé qu'il jouait à présent comme un pied, j'avais recours à des contorsions que je vous laisse imaginer... Le plus périlleux n'était pas quand la balle roulait au filet. Dans ce cas, pas de problème : j'arrivais face à lui et, de là où il se trouvait, il ne pouvait rien voir... Non, le pire survenait lorsque la balle allait mourir au fond du court. Là, pas d'autre choix que celui-ci : ou bien je me plaçais de profil, ou bien je m'accroupissais en joignant les genoux, si bien qu'en comparaison de mon aisance et de ma liberté de la partie précédente, il devait la trouver bien changée, la fille de son banquier. J'étais dans de beaux draps. D'autant que le vent se levait. Alors j'ai fait semblant de me tordre la cheville.

Transporté du côté de Meudon à l'heure où l'on abandonne la raquette pour s'adonner à des jeux plus sérieux, le thérapeute glissait la main sous une jupette, suivait une double incurvation qui le menait à des reins dénudés, de là à des tentations de sauvages.

— Et s'il avait agi comme je le fais en cet instant, vous seriez-vous soumise ?

Elle le dévisagea — aucune gêne en sa pupille, à peine une ombre de détresse, une douleur lointaine... Elle lui prit la main, la posa sur son sein.

— J'aimerais que vous me défloriez.

— En tant que praticien ?

— Comme un garçon.

Complicité entre un expert en humeurs féminines et une écervelée rendue à ses démons, partage du danger dans une pièce ouverte sur un jardin... Son rire à lui, son rire à elle, son offrande...

— D'accord, ma douce, s'amusa le docteur Lipovsky en jouant de l'annulaire dans sa toison. Mais revenons à vos exhibitions... Quelle sorte de plaisir éprouviez-vous à braver l'interdit ?

— Celui de détenir un secret, ensuite celui de pouvoir le trahir... C'était si périlleux, en même temps si tentant que j'en étais excitée, en même temps terrifiée.

— Vous cherchiez le danger, semble-t-il.

— Au début, en effet. Ensuite, je ne sais plus... mais je crois entrevoir — enfin, c'est à vous d'en juger. Je vous raconte : un matin du mois de mai, de très bonne heure, je me rends en taxi au parc Montsouris avec le projet de rentrer par le bus (deux changements), ou de prendre le RER — de la folie, mais cette idée m'ouvrait des horizons nouveaux. Vous comprenez ?

— Tout à fait.

— Alors je continue... J'ai marché jusqu'au belvédère qui domine le plan d'eau, près de l'aire de jeu des enfants. Hormis deux couples dans les allées du bas et deux ou trois joggers, personne d'autre que moi. Rien que le silence, la fraîcheur du matin, les senteurs de printemps... Cœur battant, m'accoudant alors à la balustrade, j'ai fait mine de remarquer quelque chose de l'autre côté et, après quelques coups d'œil de droite et de gauche, je me suis penchée en m'efforçant de distinguer, du point de vue du promeneur arrivant par derrière, le tableau que j'offrais.

— C'est-à-dire ?

— Je vous en prie, docteur, cessez de me traquer de la sorte, ça me fait trop souffrir. Et je refuse de m'embringuer dans une psychanalyse. Alors au lieu de couper les cheveux en quatre, reprenez vos caresses.

Ils étaient parvenus à l'instant où la cage va s'ouvrir à l'azur ou se fermer sur la banquise, à l'instant où ça passe ou ça casse. D'une part, Ivanov devait ménager la fofolle, d'autre part la forcer. Cela pour remplir son contrat mais avant tout par tendresse vis-à-vis du joli petit lot installé sur ses genoux.

— S'il vous plaît, ma chérie, rabattez votre jupe.

À cheval sur son médecin, son séducteur ou son complice (comment nommer ce confident qui la déboutonnait pour la millième fois, la caressait de l'œil avant de s'introduire en son psychisme), elle se sentit s'émouvoir et, Sainte Vierge, s'ouvrir de plus en plus tandis qu'un repli du tissu lui frôlait le clicli.

— Croyez-vous qu'un analyste sérieux agirait de la sorte ? s'indignait cependant Lipovsky. Et pensez-vous qu'il oublierait des années de divan pour s'attaquer aux appâts de sa cliente, à ses cuisses déployées, revenir à ses yeux après avoir considéré son poil, apprécié sa boutique, goûté le miel qu'il pourrait y puiser en y glissant un doigt, deux doigts et le reste ? Qu'il oublierait le serment d'Hippocrate pour l'honorer par devant avant de l'investir par derrière ?

— Je dois admettre que non, avoua la délurée, prise à rebours par la rudesse du verbe. Mais je peux penser que vous êtes un dissident, un évadé de quelque académie.

— Et vous n'auriez pas tort, encore que je n'aie jamais appartenu à rien. Il y a aussi que je me fiche des causes, que je ne vous demanderai jamais si vous fûtes élevée à la farine de foutre ou au lait maternel, si votre père vous a gamahuchée, si votre génitrice en fut jalouse, s'est réfugiée dans le goulot, le gode ou je ne sais quoi. Mon seul désir ? Vous prendre telle que vous êtes, une jeune fille en mal de relations, présentement à cheval sur une monture d'elle ne sait de quelle espèce, et vous mener à son épanouissement. Vous me suivez ? Alors revenons à votre ourson, ou mieux à vos émois dans le parc Montsouris, à ces écarts qui vous ont calcinée... Si j'ai bien entendu, vous étiez accoudée à une balustrade, tous avantages à portée du jogger... Etes-vous restée longtemps à vous malmener de la sorte ?

— Je suis allée faire pipi.

— Dans les toilettes ?

— Sous le regard des canards. Je vous laisse imaginer.

— Excusez-moi, j'en suis incapable. Maintenant, si vous mimez la scène...

— Ici ?

— Pourquoi pas.

Pas simple, pour une demoiselle élevée dans une religion où la confession, au fond, n'a d'importance que celle que lui confèrent les mots, de se prêter à la reconstitution matérielle d'un péché de cet ordre, assurément mortel.

— Embrassez-moi d'abord.

— En guise d'absolution ? »

Après qu'il lui a pris les lèvres, l'a cajolée avant de la remettre en piste, elle lui montra sans se faire prier la manière astucieuse dont elle avait procédé : coup d'œil aux alentours et hop ! accroupissement en écartant les cuisses, tête aussitôt entre les genoux, et rougissant à peine lorsqu'elle se redressa.

N'avait-elle pas choqué ? Il lui semblait que son thérapeute avait été troublé.

— Que pensez-vous de votre prestation, Judith ?

— Que vous vous êtes rincé l'œil, et que je vais de nouveau vous embrasser, décida-t-elle en se réinstallant sur lui et le priant de poser une mains sur chacune de mes hanches, creusant ensuite les reins pour l'affoler et lui reprendre les lèvres, d'abord avec une gaucherie de collégienne, peu après avec fougue. Puis elle lui demanda de la déboutonner de nouveau, ce qu'il entreprit en remarquant qu'elle avait jusqu'alors, à moins qu'il ne se trompât, peu insisté sur sa poitrine.

— N'osiez-vous pas les bâillements de corsage ?

— Docteur, je ne pouvais tout de même pas me promener comme vous le suggérez, chemisier ouvert et pas de soutien-gorge, à deux pas du Sénat !

— Mais ailleurs, dans les bois ?

— Quoi que vous en pensiez, je ne pratique pas l'exhibition. Si tel était le cas, j'aurais agi de sorte qu'on me vît. Or, je me suis toujours cachée.

— Pour la raison que vous êtes une cachottière.

— Exactement. Enfin non. Pas vraiment. Je…

— Laissons cela, et revenons à votre accroupissement. Après vous être soulagée et avoir essuyé la dernière petite goutte, qu'avez-vous inventé ?

— De n'avoir rien à remonter, j'ai découvert comme un vertige, encore que mêlé de frustration. J'étais… c'est difficile à dire… j'étais comme égarée. Pour me reprendre en main, je suis allée m'asseoir sur un banc, face au bassin que vous connaissez. J'ai allongé les jambes en regardant les canards, des bleus, des verts, enfin de toutes couleurs, parmi lesquels un couple de mandarins que je reconnus sans mal… Là, profitant du soleil, j'ai remonté ma jupe de quelques centimètres.

— Pas de voyeur ?

— Des gens de l'autre côté, mais à cent mètres au moins. De temps à autre, certains se tournaient de mon côté, mais je pense pas qu'ils aient remarqué quoi que ce fût. Je ne devais être à leurs yeux qu'une gamine ne valant pas la peine qu'on se montât le bourrichon. Le cœur battant, j'ai donc poursuivi le jeu, remonté ma jupe au ras… enfin, vous voyez, puis au-dessus, et comme personne ne s'intéressait à moi je me suis allongée un peu plus, j'ai renversé la tête en arrière en me protégeant d'une main, puis, à mesure que le soleil me chauffait, en disposant les bras sur le dossier du banc.

— Charmante façon de vous offrir, mais à qui ? »

Elle baissa les yeux, avoua qu'elle avait mis plus d'un mois à comprendre, et que l'explication l'avait désarçonnée.

— À l'amour, finit-elle par avouer.

— Et l'amour est venu ?

— Un garçon, souffla-t-elle. Vingt ans à peine, des

yeux que je n'oublierai jamais. Il s'est assis près de moi, il m'a regardée pour ensuite, respectueusement, poser la main sur mon épaule..
— Et alors ?
— Je me suis enfuie.
Et, pour la vingtième fois, tendron que nul n'enlacerait jamais, elle fondit en larmes. Mais les sanglots qui la secouaient la consolaient en même temps des jardins, des bancs et des courts de tennis où se perdait une idiote pour lesquelles on lèverait des armées, et la ramenaient à un jeune homme qui aurait pu l'aimer et la sauver des cendres. Mais de quel artiste étaient donc ces compositions au charbon, celle-ci en particulier, comme placée là à sa seule intention...
— Vous avez fui l'amour ?

Ivanov l'avait prise dans ses bras et l'avait allongée, un coussin sous la nuque. Il posait sur son front une serviette humide et lui massait les tempes, lui parlait à l'oreille, la caressait en connaisseur tandis qu'elle retournait au parc, voyait son thérapeute s'asseoir à ses côtés, poser la main à la lisière de sa détresse tandis que le garçon du banc, venu la retrouver, lui retroussait sa jupe et lui soulevait un pied, soulevait l'autre et lui passait le petit rien qu'il lui offrait pour qu'elle cessât de se meurtrir, puis l'amenait ici, la confiait à la science.
On posait à présent, au seuil de son poil blond, une serviette mouillée tandis que le garçon lui reprenait la main, la gardait dans la sienne pendant que le docteur, accroupi parmi les canards, l'examinait à fond.
— Vous avez raison, déclarait-il au jeune homme en relevant la tête, elle n'a jamais servi.
Mais il fallait encore que le garçon patientât, on devait rincer sa fiancée avant de la lui confier... On essorait alors une lingette, on revenait à elle et la lui appliquait sur le minou, si froide qu' elle crut qu'on la violait, elle en aurait hurlé.
Elle était nue, gisante, inerte, livrée à des explorations, des attouchements, des privautés. On introduisait quel-

que chose en sa corolle de fille, sans doute l'objet aperçu sur la table, puis on l'en ressortait avant de lui refermer les genoux, de la couvrir afin qu'elle fût décente. Et tandis qu'on lui massait les orteils, des radiations comme d'électricité envahissaient ses chevilles, bousculaient ses défenses, enfonçaient ses remparts... Elle atteignait vingt ans, elle était encore vierge, juste une fois dans une barque, un type sans dignité, des propos de charretier, de la bave dans son cou... Elle pleurait en silence mais n'éprouvait aucune honte, se revoyait sur le banc aux canards bleus et verts, posait à côté d'elle une raquette qui ne trompait personne, puis se plaçait ainsi qu'elle fut, en offrande à l'amour.

En un lit de princesse, dans une chambre de l'étage, elle serait cette nuit déflorée pour de vrai. Un homme semblable au docteur Lipovsky, attentionné, ferait d'elle une femme à l'image de Clarisse ... Déjà, une onde l'amenait à éclosion, elle allait déployer ses pétales comme une fleur d'abricot, accueillir le bourdon.

Elle fut prise d'un fou rire.

Une folle ! concéda Lipovsky en lui frôlant les abords de l'amande, ce qui la fit frémir, puis en l'aidant à défroisser sa jupe, à redevenir la jeune fille de la carte postale, la fiancée des parcs.

— Allons admirer les canards, voulez-vous ?

Dans l'éblouissement du ciel, elle devait prendre place sur un des bancs de la terrasse et allonger les jambes, se couler en arrière et ne penser à rien, ni se soucier du jardinier dont se distinguait à peine, noyée parmi les roses, la forme du chapeau.

Position prise, elle remonta peu à peu son semblant de vêtement, ferma les yeux sur une vastitude rouge où dérivaient des formes, et attendit sans s'inquiéter de rien, pas même du papillon venu se poser sur son nez, ni du bourdonnement d'une guêpe. Quelques instants plus tard, elle sut qu'on s'asseyait à ses côtés et qu'on la regardait, lui murmurant l'amour dans une langue étrangère. Une main pudique, respectueuse du sommeil vers lequel elle glissait, se posait comme il faillit en être hier à la lisière de son offrande, y demeurait quelques instants, mais cela s'interrompait. La main se retirait, disparaissait du souvenir avant d'aller se poser contre son cou, de défaire un bouton, puis un autre, et de l'amener à inspirer plus fort lorsqu'on la dénuda, un peu plus fort quand de ses seins on titilla les bouts.

Le garçon se rapprochait d'elle, elle sentait sa chaleur, en devenait toute moite... Elle eut alors un geste osé pour exprimer son impatience à vivre, prouver qu'elle n'avait peur de rien, qu'elle était libre absolument, sans le moindre interdit. Elle souleva la jambe, la déporta vers la cuisse étrangère, l'abandonna pour qu'on la prît, ce qu'on fit sans attendre, et peu après ceci, qui était encore mieux : de l'effleurement d'un doigt on suivit de son sexe le dessin capricieux, puis on se pencha sur elle pour lui prendre les lèvres tandis qu'on continuait de la flatter là où c'était si bon.

En planque dans les épines, Pipo n'en perdait pas une miette. De cette séance d'épanouissement ne perdaient rien non plus Sarah, dissimulée sous une tenture de la bibliothèque, non plus que le gymnaste Hélion et la cousine Clarisse, non plus qu'un homme au crâne rasé, dont le rôle serait d'importance avant le bouquet final. Quant à Xu, elle s'activait devant un chiffonnier, taillait des trucs à vous rendre malade, les essayait ensuite sur Béatrice, styliste pareillement.

— Vous ne voulez pas souffler ? proposait cependant le praticien en s'arrachant aux délices d'une vulve en parfaite condition, puis s'essayant à un retrait similaire de la bouche que collaient à la sienne des appétits à ce point gargantuesques qu'il songea un instant à envoyer au diable Sarah et toute la bande, à ouvrir son drapé, à posséder l'innocente dont fleurissaient les chairs. Par trois inspires-expires, en visionnant Shiva, Saï Baba et Osho Rajnesh, gardiens des équilibres universels, il parvint malgré tout à recouvrer l'esprit, et c'est en armistice avec la Création qu'il invita l'énamourée à regagner le boudoir où l'attendait une collation, apportée par Mariette entre temps.

Les yeux mi-clos, Judith avale d'un trait son verre de jus de pêche, en accepte un second, d'abricot celui-là. Elle a le feu aux joues, les seins en fête, et l'on devine sous sa jupette l'étendue des ravages.

— Je suis à votre entière disposition, docteur.

— Dans ce cas vous allez être servie, ma mignonne. En attendant, pénétrez-vous de l'épreuve que voici : vous vous trouvez dans votre chambre, à guetter la venue de votre soupirant, un garçon enthousiaste, on ne peut plus épris mais timide, ne sachant pour l'instant s'exprimer autrement que par des gaffes... Alors de la décence, ma coquine, fermez votre chemise.

— Dois-je passer ma culotte ?

— Inutile. Mais laissez-la en évidence de manière que votre fiancé la voie, comprenne où vous en êtes. Sa cour s'en verra simplifiée.

Bref résumé de la situation : le père en allé pour affaires de finance, sa mère pour affaires de famille, la bonne pour affaire de cœur. Voici donc Judith seule dans l'appartement, qui ferme à regret les persiennes — tant pis pour son admirateur de l'immeuble d'en face, qui en sera pour ses frais.

À présent le témoin.

Lipovsky manœuvre un panneau, dévoile un large miroir, incliné de manière à ne rien perdre de soi dès lors que l'on prend place parmi les coussins déposés sur le sol avec, en décorant le cadre, un camaïeu de verts dans une floraison d'or. Et le praticien de reprendre :

— Exercice des plus simples, à condition que vous ne perdiez pas le fil : dans le cadre de votre thérapie, et à fin d'analyse ultérieure, vous allez mimer avec soin ce que m'a rapporté votre cousine.

Coincée, songea Judith. En revanche, ce fichu Lipovsky, belle occasion de le séduire !

— N'allez-vous pas vous cacher, docteur ?

— Que non ! Je vais rester auprès de vous et assumer les trois rôles que voici : celui de thérapeute, celui de metteur en scène, celui de fiancé.

Il lui baisa la main, s'éloigna pour tirer les rideaux, peaufiner l'éclairage.

Sous la faible clarté d'une lampe halogène réglée au minimum, le boudoir parut rapetisser, se concentrer dans le miroir.

— Docteur, de quoi espérez-vous me guérir, avec vos manigances ?

— De tout ce qu'il vous plaira, mais fi de littérature, que le rideau se lève. Dialogue entre la belle Judith et son reflet dans ce miroir, puis entre le reflet de cette jeune fille et le garçon venu dans l'intention de la connaître. Vous reste à passer vos jambières de sportive, un caprice de votre fiancé. Comme moi, il vous a trouvée ravissante au portique, au point qu'il souhaite vous regarder les mettre sans que sa pudeur en souffre. Alors de l'élégance, de la virtuosité ! Nous attendons beaucoup, lui et moi, de votre prestation.

Lipovsky ayant trouvé les mots justes, Judith ne se fit pas prier. Elle fut rapide, diaboliquement habile, digne en un mot de monter sur les planches, d'y recevoir les hommages d'un public attentif : malgré que sa jupette ne la protégeât guère, et bien que la position requise (un pied sur une chaise et le buste incliné) permît tous les espoirs en matière de licence, à peine laissa-t-elle paraître son duvet. À la suite de quoi, prête à sauter les étapes et vaincre les portiques, elle s'examina de face, de dos, de profil, de trois quarts. Elle peaufina un détail de coiffure, considéra le résultat, le jugea décevant, fit la moue. Enlevant alors deux épingles aux coquilles d'escargots, elle répandit ses cheveux, les gonfla à deux mains, s'en couvrit la moitié du visage... Sans doute se trouva-t-elle suffisamment plaisante, apte en un mot à séduire collégiens et athlètes, car elle quitta ce lieu de sa personne pour aller voir plus bas...

Deux jambes superbes, qu'elle pouvait lever et plier à sa guise, porter l'une après l'autre en arrière ou croiser par devant, comme ceci, pour se faire pardonner en inclinant la tête, mains jointes à l'endroit de la faute. Qu'elle pouvait également désunir en se campant sur elles, dextre en visière sur le front pour se faire admirer, puis se retournant pour la raison qu'une bestiole cherchait à la piquer. Elle relevait alors sa jupe sur une hanche nue, s'apercevait alors de son dévergondage, réalisait qu'un simple coup de vent, si elle venait à sortir au grand air, ou la chaleur expulsée des entrailles du métro par quelque grille enjambée lors de son retour de la fac, risquaient de la mener aux flics... La voilà donc qui s'excusait auprès de son fiancé, acceptait ses remontrances, tentait malgré tout de se justifier.

« Mais... mon chéri, si tu savais comme il est agréable, sitôt passée la première inquiétude, de se trouver ainsi, libre et légère en une courte jupe dans un appartement désert. Pourquoi porter tout un appareillage lorsque l'on est si joliment formée ? Les jours du débarquement des anglaises, admettons, mais aujourd'hui rien à craindre, tout est nickel, place au plaisir d'aller t'ouvrir ma porte et de te recevoir.

» Evidemment, poursuivait-elle, partie sur une pente la ramenant en enfer, si quelqu'un par derrière me voit me pencher vers un lacet défait sans m'inquiéter de lui, il pensera outrage aux mœurs, nymphomanie, racolage et j'en passe, si bien que je risque le fouet. En revanche, si je m'incline face à un visiteur, un étranger quelconque, un notaire par exemple, pour une histoire sans intérêt, il ne pourra deviner quoi que ce soit, et ça ranimera ma trouille de me savoir en cette exhibition devant un monsieur en cravate.

» Mais revenons à toi, pisteur de mes excès au centre commercial, peu d'argent dans les poches mais on ne peut mieux placé lors des essayages d'escarpins, et à ce point épris de moi que tu attends le départ de papa Garancière, puis celui de Madame, celui enfin de Fatima, partie à la fête à Neu-Neu avec Lucien Bras-de-fer, pour grimper au balcon. Tu est si beau, mon garnement, et si tendre, et tes mains sont si fines, tes yeux si caressants qu'il n'y a pas de honte à t'attendre en jupette et se faire un cinéma d'enfer, souhaiter que tu saisisses ta fiancée si joliment roulée, si parfaitement bronzée, ta Judith si mignonne, si émouvante genoux joints, qui espère cependant que tu feras l'impossible pour la reluquer en ses profondeurs mais pas de chance, une excellente éducation a-t-elle reçu, qui saura te tenir à distance... encore que peut-être, si elle décroise les jambes afin de s'incliner — oh rien de bien méchant, mais si troublant pour qui attend le moment où les genoux s'écarteront pour qu'elle aille ramasser le bouton tombé de son corsage, celui du haut comme de juste, alors dans un bâillement les minuscules trésors avec leurs deux bourgeons, et toi ne sachant où se fourrer, qui écarquilles les yeux...

» Ne suis-je pas délicieuse ainsi, mon vagabond des parcs, mon peintre des boudoirs, dans cette maison close ? Et ne t'ai-je pas, excitée que j'étais à l'idée de te voir, facilité la tâche en me délivrant de ces dessous qui auraient contrarié tes gestes ? Je sais, tu aimerais que je t'en montre plus, mes petits seins l'un à côté de l'autre de leur écrin de soie... mais attends, ça va prendre une seconde, je les ai toujours en liberté, excepté quand je monte à la corde sous l'œil de mon éducateur, alors là, jamais ne me suis sentie aussi décomplexée... Tu aimerais que je te montre ? Et tu me mordilleras les bouts, ta langue les fera durcir ? Alors regarde-moi de face... deux boutons et voilà ! Ne sont-ils pas mignons ?

» Minuscules, les appâts de Judith, songeras-tu, mon cochon... Rien de commun avec les d'obus des pin-up de semi-remorques, d'accord à cent pour cent, mais tu remarqueras que les doudounes de ces filles-là, sur la piste d'un stade, ça part de droite et de gauche, il faut les cramponner — des besaces — tandis que les miens... attends que je défasse le reste... taillés pour le mille mètres haie, hum-hum, hou-hou... et hop ! ma jupette soulevée par la brise, déchirée par l'obstacle et tu me vois rougir d'être ainsi reluquée, plus aucune cachotterie désormais, plus le moindre secret et basta la pudeur, et toi si bouleversé que tu t'éprends de moi par le biais d'un miroir, que tu feuillettes pour moi l'album de ta pornographie secrète, combine des séances de pose à vous anéantir... Une sacrée salope, songeront les forcenés des hauteurs de leurs cabines, un tendron attendant qu'on l'enfile mais pas folle, la gamine : dans une tenue à vous couper le souffle, en jachère quasiment et les fesses dénudées à l'intention des moissonneurs, une mains sur la tirelire, un doigt dedans je parie, qui guette sous ses paupières l'apparition du mâle... Ivanov en safran et le safran qui s'ouvre... — oh Marie pleine de grâce, sentez à la base de son cou se poser cette raideur, cette horreur qu'on dirait d'un primate...

    Le vêtement s'est refermé, chaleur des mains du bonze sur les épaules d'une disciple à deux doigts de capoter, choquée à mort mais à présent correcte, jupette sage et genoux joints, reste à fermer la chemise. Mais Raspoutine s'accroche, Raspoutine les yeux fous, reflet d'un obsédé dans un miroir, et plus qu'à la troncher songe-t-il... ce à quoi proposer une posture de secrétaire en heures supplémentaires, alors faites pivoter le fauteuil de manière que je puisse, m'agrippant à deux mains au dossier, vous admirer et me contempler par la même occasion, me voir besognée par vos soins comme une intérimaire, tronchée comme une bête des bois dans un vaste bureau du palais de l'Élysée.

    Vous préférez d'abord me mordre dans le cou, braconnier de mes délices, saisir dans vos pognes de moujik mes minuscules tétons et les mettre au goulag, les en ressortir pour les faire tressauter dans vos battoirs en moitiés de bonnets ? Eh bien je vous les offre, devenez mon demi soutien-gorge, mieux encore mon bustier, mon boléro de Ravel, mon rythme de lambada, quand je danse avec vous on m'imagine en string mais je t'en fiche, retourne-moi et tu verras, mieux encore en jouira en me saisissant un pied pour m'envoyer sur le pur-sang du Tsar et hop ! toison blonde, et hop ! chavirée dans les blés la femelle du cosaque mais je t'en prie, je t'en supplie Liposkaïeff, t'en conjure mon sournois atterri sur mon ventre, ne me laisse pas me satisfaire toute seule au risque d'en rester stupide, bouche à bouche que veux-tu alors accepte — oh merci, merci encore, encore une fois ta main... encore un doigt, deux doigts en cette moiteur qui nous rapproche mais pourquoi résister, pourquoi chercher à fuir, et pourquoi cet œil noir ?

    Répétition, disais-tu ? Mais ta cliente de s'accrocher à ta panoplie de Florian Machin-truc, de gourou Trouskaïa la forçant à s'asseoir à cheval sur son obscénité, le ventre à l'agonie.

— À présent tu regardes.
— Des clous !
— Tu auras un cadeau.
— Montre.

Le voici, ma poulette ! croit-elle entendre tandis qu'on lui saisit les fesses et qu'on lui reprend la bouche, qu'on la chavire dans un brasier où vrombissent des bourdons, menottes de gamine dans une pogne de bûcheron, brûlure d'un ventre à portée de sanglier... Maintenant ouvrir un œil et écarter deux doigts, apercevoir dans le miroir, entre deux pans safran aussitôt refermés, darder vers soi... maman... pire qu'un mandrin ! pire qu'une gaule de moujik !

Le temps qu'on se découvre de nouveau, lui assène-t-on sans qu'elle puisse protester , elle devra se tenir sans bouger, observer sans un mot. Si bien que la voici replongeant dans le rouge, le noir et le sortilège d'un tourment qui n'en finira pas : le docteur Lipovsky se tient à ses côtés, vêtement grand ouvert, si bien que s'impose la forme redoutée, à demi dissimulée par un bandage... Elle détourne les yeux mais on l'agrippe au col, l'oblige à revenir à l'objet de son effroi.

Dieu du ciel !

Prendre ses jambes à son cou, s'enfuir devant l'exhibition ? La voici crucifiée devant ce qu'on dirait de pharmacie, braquemart de thérapeute en un pansement de la guerre des tranchées, avec lanière de cuir passée sous les pruneaux, ô Marie-pleine-de-grâce, sans doute pour les outenir.

Mais la Vierge s'en est allée, chassée par l'érection freudienne, roideur si fascinante qu'on ne pouvait la fuir... Non plus qu'on ne pouvait déterminer s'il s'agissait de soi, si c'était encore soi, Judith Garancière, assise en la débauche que reflétait un miroir, si c'était bien sa... son... enfin le calice de sa vulve qui s'exposait dans la pénombre où se glissait un faune. Le monde s'était réduit à des reflets dont certains étaient siens, les autres de ce type, de ce dément qui la fixait de ses prunelles de braise, fixait ses seins aux aréoles durcies, fixait la béance de ses cuisses, braquait une libido basique sur l'offrande d'une vierge à d'effroyables fouilles, elle l'appréhendant de même, pouvant examiner jusqu'à plus soif un sexe emmailloté, puis à demi dénudé pour qu'on en distinguât le détail, l'approchât en tremblant.

Devant la saillie annoncée elle eut envie de se toucher, atteignit son bijou mais fut saisie par les chevilles, renversée sur le dos, et dut s'accrocher de ses cuisses à un cou de bélier, de ses deux mains à une tignasse de bouc.

Une langue la ravagea, elle appela sa mère.

Elle était à deux doigts du naufrage lorsqu'un retrait brutal, une férocité de brute, la ramena sur terre.

— Rhabille-toi !

Pour toute réponse, elle fit trébucher le forcené, lui arracha une bonne moitié de sa panoplie tantrique, mais le bourricot du Tibet, sous ses airs d'humaniste, dissimulait un char d'assaut. Elle perçut un déchirement d'étoffe, après quoi on lui attacha les poignets, lui lia les chevilles l'une à l'autre.

On tentait à présent de la calmer, on déposait un baiser sur son front, puis on la reboutonnait en lui demandant de comprendre — le serment d'Hippocrate, la déontologie et tutti quanti, pire succession d'âneries qu'on pût imaginer. Enfin on rabaissa sa jupe sur un mignon derrière dont on ne parvint à se détourner.

Si bien qu'avant de l'abandonner on la considéra d'un œil de camionneur.

7 – *Teinté nacre*

Un Trouskaïa en vrac fit au salon une entrée remarquée, si ce n'est vraiment glorieuse. Sarah Livenstein, qui avait sur écran suivi la majeure partie de sa prestation, le considéra cependant avec aménité.

— Ne penses-tu pas, Florian, avoir poussé le bouchon un peu loin ?

— Tu as vu...

— Souffrance et frustration sont de son côté, pas du tien. Mais ne t'inquiète pas, je vais la consoler. Maintenant, je te rappelle que Béatrice est ici depuis deux heures en compagnie de qui tu sais. Profite de l'occasion pour les prier de ravauder ta mise, tu fais un tantinet désordre.

Parvenu à l'étage, Ivanov s'égara dans le couloir de droite, revint sur ses pas, finit par dénicher la pièce où s'affairaient, dans un désordre de dentelles et de rubans, deux jeunes femmes effeuillées.

— Florian, mon grand, ironisa Xu, si tu savais à quel point nous nous sommes inquiétées !

Elle le pria de lui remettre ce qui restait de ses effets, d'oublier sa patiente et de les considérer, elles. N'étaient-elles pas désirables ? Béa avec son quart de balconnet, elle-même avec un timbre poste sur ce qui d'ordinaire se cache.

— Mais au fait, ton bandage... ?

— Permets-moi en juger, intervint Béatrice.

Rapidement déloqué, le bienheureux docteur, coqueluche des beaux quartiers à l'heure où les maris, au fil avec New York, le Luxembourg ou Panama, installent les pieds sur le bureau une secrétaire vêtue de son seul porte-jarretelles, se vit examiné par deux virtuoses à ce point talentueuses, attentionnées et délicates que lui vint dans la seconde une plendide érection.

— Florian chéri, lui fit remarquer Béatrice, très chatte, ne pourrions-nous t'apaiser ?

Xu trouva l'idée des plus judicieuses, rejoignit sa complice, entreprit à son tour d'apprécier, soupeser et baguer le membre on ne peut mieux dressé, et pareillement se livra, sans pour autant renoncer à ses fonctions de responsable d'atelier, aux libertés que permettait, sans qu'il fût besoin de la quitter, sa dernière création en matière de lingerie. Elle s'en défit cependant, de manière que l'esthète pût aussi profiter de ses charmes arrières, prisés par la plupart des hommes.

Florian Ivanov Lipovsky, donc, docteur en la nervosité des femmes lorsque l'homme est ailleurs, présentement la tête entre les seins de Béatrice, une cuisse en un contact avec la nudité de Xu, tentait d'oublier ses déboires dans la contemplation non des toisons, puisque l'une s'en était privée, mais des monts de Vénus en leurs aspects divers, et s'apprêtait à passer à l'action, c'est-à-dire à se satisfaire doublement, lorsque se posèrent des questions de position Mais l'épilée du Levant, formée à l'école des geishas, ne manquait pas de ressources. Elle eut tôt fait de dénicher deux tabourets où reposer pieds et genoux, trois coussins pour les coudes, si bien que la coqueluche de ces dames n'eut plus qu'à effectuer un demi-pas de côté pour passer d'une foufoune gazonnante à une fente épilée qui ne cachait pas.

Pénétrer l'une sans pour autant délaisser l'autre, goûter salives et sucs, glisser la langue dans de la pulpe d'abricot, se retirer sur une protestation, échapper à des griffes, maintenir sur le gril le temps de satisfaire une semblable, pareillement accueillante, qui voudrait vous retenir en elle et qui s'accroche des deux mains quand vous vous retirez, haletant, cependant maître de vous si ce n'est encore d'elle, vous élevant vers votre destruction mais vous ressaisissant pour aller vous éteindre entre les bras de sa semblable... laquelle des deux on ne le saura pas, mais c'est sans importance.

« Qu'as-tu bien pu lui faire subir ? » l'interrogea Béa après que tout fut rentré dans l'ordre, Xu s'en allant de son côté, en sa résolution de requinquer leur serviteur, tirer d'une penderie un nécessaire de toilette.

— Chatouilles, papouilles, explorations inqualifiables, tout cela pour son bien comme de juste, assura l'épilée en branchant un séchoir, puis en le tendant à Béatrice pour qu'elle en dirigeât le souffle, réglé à bonne température, sur les attributs mâles à présent en sommeil.

— Je dirai plutôt sévices, avec les consquences qu'on imagine.

— Quand on manie une patiente et que la la patiente se débat, impossible de rester zen, répondit le tantriste. Mais dites-moi — il désigna sur le bras d'un fauteuil une bille à laquelle s'attachait un chiffon, — qu'est-ce que ceci ?

— Le bikini de Xu, mon trésor, lui expliqua Béa. Un maillot à ce point ingénieux qu'on peut le porter soit devant, si l'on s'en vient, soit derrière, si l'on s'en va, ou l'inverse, tout dépend de l'endroit, de l'envers, de la sensibilité de qui l'on croise ou qu'on précède.

— Démonstration, décida Xu en passant une ceinture qu'elle ferma par un clip.

Des plus érogènes, avec ce cuir qui l'exhaussait, elle aurait pu demeurer ainsi, dans la lumière qui la dorait, mais la voici qui cueillait le triangle à la bille, le fixait sur ses reins pour ensuite, après s'être détournée pour ne pas qu'on pût voir ce qu'elle accomplissait, glisser dans son logement la fixation sphérique. Ses yeux s'arrondirent mais à peine, et parut un sourire de Joconde lorsque la bille eut trouvé son logement. Puis elle se tourna pour se faire admirer sur un sentier de plage, mais ce n'était pas une plage, et ce n'était pas fini : elle avait également un devant, et un arrière pour Béatrice, pour Béatrice de même une frivolité bustière…

Toutes deux en leur provocation, les tenues des sportives, comparées à celles-ci, évoquant des vêtements de religieuses : en dissimulation de la défoliation de l'une et du buisson de l'autre deux carrés de tissus ombrant à peine ce dont se détourne un regard étranger et, comme jeté sur les épaules de Béatrice, une manière de boléro laissant percevoir le galbe inférieur de ses seins, lequel ranimait les fantasmes… Florian la saisit par la taille, l'installa sur ses genoux, regarda avec elle, dans le V de ses cuisses flotter le chiffon rose.

De la fenêtre, Xu désignait le portique.
— On dirait Pipo !
Elle braquait en effet une paire de jumelles vers qui s'efforçait de se hisser, la tendait à Béa, laquelle regardait à son tour avant de la passer à Florian.
C'était en effet le jardinier, non plus en tablier mais en bras de chemise, hypnotisé par le spectacle d'une Mariette se hissant de nœud en nœud malgré que sa jupe la gênât... Elle s'étirait comme l'avait fait Judith et agrippait le nœud supérieur, ramenait les jambes sous elle, se tendait à nouveau vers le haut et, dans une magnifique élongation vers la barre d'arrivée, sa chemisette mal boutonnée laissait paraître un sein. Mais elle manquait son but, devait alors gagner l'échelon supérieur, si bien que le second se montrait à son tour tandis que la corde ondulait. Et la voici qui atteignait la barre, commençait à redescendre et paraissait s'épouvanter, s'épouvantait en effet que sa jupe remontât, lui dénudant le postérieur. Car elle avait avant l'épreuve, pour qu'elle se trouvât dans des conditions identiques à celles des délurées observées ce matin, mais pas toute nue quand même, confié à Pipo sa culotte.

— Comment te l'enlève-t-on ? demanda Ivanov.
— Tu tires doucement.
Après l'avoir dénoué, il fit de la moitié de bikini un chiffon qu'il serra dans son poing, puis agit comme souhaité. Malgré cela la belle Thaïlandaise pâlit, s'accrocha à son bras, lui enfonça les ongles dans la peau lorsque la boule de nacre, pourtant d'un diamètre optimal, sortit d'entre ses fesses.

8 – *Teinté rose*

Anxieux ? ironisait Clarisse. Tu as tort. Le parc est magnifique, le soleil éclatant, la chaleur telle qu'on se promène sans rien.
...
Il vient à peine de la quitter.
...
Dans le bon sens, enfin je suppose, mais ressorti en loques. À croire qu'il venait de croiser un bataillon de furies. En tout cas, je l'ai vu grimper l'escalier à une telle vitesse que Béatrice et Xu s'emploient à l'apaiser.
...
Oui, ton hercule m'avait l'air en pleine forme. Et s'il manie la chérie comme prévu, ce n'est pas une fiancée que tu découvriras ce soir, mais une fameuse tigresse. Quant à ton jardinier, il est plus que parfait.
...
Devine.
...
Si tu continues, tu vas avoir besoin d'une séance de saute-mouton, toi aussi. À ce propos, que penserais-tu d'un institut de rééducation des types de ton espèce ?
...
En pleine régression. Sarah est allée la bercer.
...
La promenade ? Toujours à l'ordre du jour.
...
Alors là je dis stop. Pas d'improvisation.
...
Si tu te ronges les ongles, de mon côté pas d'inquiétude. Tout se déroule comme prévu.
...
Tu as vu ses yeux, ses jambes... eh bien le reste est à l'avenant, je n'en dirai pas plus. Ou plutôt si, cet aveu qu'elle m'a fait : elle aimerait qu'on la LAVE.
...

Cochon !

…

Moi ? La poitrine que tu sais, le buisson que tu aimes tant, les escarpins que tu apprécies et le collier que tu m'as offert… Mais désires-tu d'autres détails ? Eh bien je t'en donne un, qui me parvient à l'instant par la fenêtre : Mariette vient de se découvrir une vocation de sportive de haut vol, et ton ami Pipo l'entraîne… Si tu veux mon avis, sitôt que Samuel l'aura mise en vente, achète cette Sologne et réaménage-la. Un toboggan, un trapèze, le coatching des servantes confié au jardinier. Le bougre sait s'y prendre.

…

Mignonne, avec un air de fausse vertu, et toutes mes qualités requises pour t'apporter ton petit déjeuner au lit, ouvrir les volets de ta chambre et demander à Monsieur si Monsieur…

…

Et tu ne l'as pas encore sautée ? Moi qui croyais que là où tu passais…

…

D'accord, je t'embrasse moi aussi. Et ne manque pas l'avion.

Elle raccrocha, songea qu'il était temps de se rendre au boudoir, regarda sans le voir le dépliant resté sur le bureau, hésita à la vue de sa robe. Dans un reflet de la porte-fenêtre, le velouté de son corps, mêlé au drapé de la tenture, lui parlait de tendresse…

9 - Rose bébé

Après l'avoir délivrée, calmée et ramenée si ce n'est à la paix, du moins à un semblant d'équilibre entre le banc d'un jardin public où se tenait une étudiante vêtue de peu, un portique de plein air où se hissait la même jeune fille, et le cabinet d'un psychanalyste n'y allant pas de main morte, toutes choses se mêlant en une succession de tableaux menant d'enchantements en cauchemars, Sarah jouait dans sa blondeur éparse.
— Mon lapin ?
Le lapin acquiesça, se lova plus avant dans la chaleur de cette maman certes moqueuse, mais dotée de telles connaissances qu'elle se prit à souhaiter, même s'il devait de nouveau la laisser tomber, le retour du pyromane qui l'avait enflammée en cet endroit où nul n'était jamais allé, du moins avec la langue. Sa chair en conservait la braise, en elle couvait un feu qui la mènerait ce soir dans une chambre de défloration, des garçons agissant de manière qu'elle connût le plaisir sans pour autant s'amouracher d'un seul, mais au contraire, à l'image d'Emmanuelle, pour qu'elle s'ouvrît à tous et qu'elle eût un enfant. Elle voulait un garçon, un bébé rose qu'elle nourrirait à ses petites mamelles.
— Tu veux une pêche ?
Elle ne souhaitait que le silence, l'oubli des tragédies dans le giron de sa nouvelle maman, et qu'on la transportât vers la fin de ses misères, sa renaissance lui disait-on, la caressant comme on ferait d'une petite fille. Nul ne l'avait jamais cajolée de la sorte, ni ne s'était occupé d'elle à la manière du docteur Lipovsky, l'amenant à se détendre, à permettre qu'on s'inclinât vers elle pour la baiser au front, puis qu'on lui prît la bouche et, face aux canards, qu'on entreprît la caresser ainsi qu'elle souhaitait au plus profond d'elle-même... Comparés au docteur, si cultivé et si patient, les hommes de son entourage étaient sans consistance, tout juste des guignols enchaînés à l'argent

par le nœud de la cravate. Pareillement leurs bonnes femmes, pimbêches attachées à leur seule apparence. À part ça idées creuses, ou pas d'idées du tout, ce qui valait bien mieux. Quant aux maris, autant de orangs-outans en costume combinant prédation, profits et cochonneries, cela se voyait comme le nez au milieu de la figure. Mais pas le garçon du parc, croyait-elle se souvenir.

Pour quelles raisons avait-elle passé sa jeunesse à se faire peur, à braver interdits et morale sur des boulevards balayés par le vent ? Elle se voyait rentrer la terreur sous la jupe, passer devant sa mère ou Fatima comme une poupée Barbie, aller se réfugier dans sa chambre... Et voici que Sarah Livenstein lui murmurait de ne pas s'en vouloir, l'assurait des regrets d'un médecin à ce point enflammé qu'il avait dû lutter contre l'envie de la connaître malgré le serment d'Hippocrate, puis s'était résolu à la ligoter, non pour la faire souffrir mais pour la protéger.

Le reste, la reconstitution du banc public, son attitude face à son fiancé, avait-elle apprécié ?

Elle sut alors qu'elle était bel et bien suivie, comme on l'est en clinique, par une équipe de médecins compétents, un personnel qui ne ménageait pas sa peine pour lui venir en aide... Elle s'en sentit flattée, avoua sa reconnaissance, chargea Sarah de remercier chacune et chacun en assurant que oui : elle avait trouvé délicieux. Mais pourquoi le docteur, demanda-t-elle, avait-il à demi recouvert son... sa... son *organe*, de ce machin de pharmacie ?

Pour attirer ton regard, lui expliqua Sarah. Les femmes ont la fâcheuse manie de se voiler la face devant l'outillage mâle, comme s'agissant d'une grossièreté dont il faut se détourner. De même que ces messieurs, encore qu'ils s'en défendent, ont le plus grand mal à regarder en face le sexe féminin, du moins dans le cadre conjugal. Car ils disposent, pour satisfaire le voyeurisme inhérent à leur genre, d'une foule de magazines leur offrant en gros plan ce qu'ils n'oseraient demander à une épouse, non plus qu'à une maîtresse, à savoir des audaces qui les amènent à préférer les clichés dont ils ne savent se détourner à la réalité qui les effraie.

— Mais n'est-il pas dommage, ma chérie, d'en appeler

à la pornographie plutôt qu'à la douceur de lèvres comme les tiennes ? Et un tel voyeurisme n'est-il pas le pendant de ce qui t'affolait, à savoir devenir une de ces créatures que des types sans scrupules contraignent à se caresser devant leurs objectifs, allant aussitôt proposer leurs photos sur le marché du sexe ?

Ainsi, c'était au dépassement de ses déviances que l'avait invitée le docteur en se plaçant à côté d'elle, en ouvrant son vêtement de manière à se mettre en osmose avec elle, puis en liant ses appétits aux siens. Comprenait-elle, mesurait-elle le risque qu'il prenait ?

Elle releva la tête et regarda Sarah, les yeux noirs d'une Sarah si bien devenue sa confidente qu'elle s'en serait voulu de lui cacher quoi que ce soit...

— Vous êtes une belle personne.
— Déclaration d'amour ?

Elle se sourirent, le féminin les éclaira. Alors, sans plus se soucier ni du bien, ni du mal, ni des miroirs, ni des photos des magazines, ni de l'enfer promis à celles qui se dégrafent et prennent la pose pour le plaisir des camioneurs et des banquiers, de Sarah Livenstein Judith prit sous les siennes les lèvres. Et Sarah Livenstein, avant de le gronder, laissa à son poupon le temps de s'exprimer.

— Attirée par les personnes de ton sexe, mon bébé ?
— En aucune manière.
— Pas même par ta cousine ?

Elle dut avouer que si, qu'elles s'étaient arrêtées dans les bois, aux trois quarts dévêtues et...

— Etait-ce répréhensible ?

Sarah lui répondit que rien ne l'était dans le domaine de l'amour, que l'on pouvait tout essayer, se livrer à toutes les fantaisies tant que le mal était absent. Cependant, dans son cas, mieux valait ne pas se hâter. Et elle revint donc à l'organe du docteur Lipovsky.

— Tu t'en es détournée ?
— Il me l'avait interdit.
— Et qu'en as-tu pensé ?

Elle ne savait au juste, ni ne se souvenait d'avoir pensé, mais cela avait été un choc. Ce que donnaient à voir dans les jardins publics certaines divinités antiques dénuées de feuilles de vigne, à savoir des attributs semblables, encore que rendus harmonieux par le talent de l'artiste, elle n'en avait jamais observés d'aussi près... enfin n'en avait jamais vus. Elle précisait cependant qu'elle aurait bien touché celui du docteur Lipovsky, pris dans sa main pour en connaître la nature, mais qu'elle n'avait osé.

Sarah lui fit alors la confidence que l'initiation au toucher figurait au programme de l'après-midi. Mais elle ne voulut en dire plus et Judith, vidée par les épreuves, ferma les yeux dans le nid d'une épaule faite à sa dimension, reprit le fil de son imaginaire et se vit déposée, sous un voile de mariée, devant celui qui la mettrait au monde, lui enseignerait la liberté d'amoureuses telles Clarisse et Sarah, admirables d'aisance.

Redevenue la petite fille qu'on berce, elle remarquait à présent, dans le bâillement de son haut, que sa maman avait la gorge libre. Lui vint alors la pensée qu'il en était ainsi en son honneur, qu'elle était nue de même sous les plis de sa robe... Elle se revit alors au salon, se revit en même temps au portique, mais plus rien de choquant dans cette vision de soi, ni dans celle de Clarisse. À bien y réfléchir, le dernier exercice lui parut même intéressant, et généreux se montrait le Créateur dès lors que les bonnes sœurs cessaient de s'inquiéter, en leur têtes à sornettes, des mains qu'on glissait sous les draps.

Elle commença à défaire les boutons, posa la tête entre deux seins de crème, effleura le plus proche et le prit dans sa main, le souleva, en apprécia le poids.

Les siens, nul ne pourrait en profiter ainsi, ni s'oublier dans leur moelleux. Ils étaient tout petits, à peine formés, avec des tétons roses devenant plus gros qu'eux pour peu qu'on les frôlât.

C'est ainsi que Clarisse, entrée dans le boudoir, trouva sa protégée.

Elles franchissent la pelouse, dépassent le portique à proximité duquel Béatrice et Xu s'occupent d'une maigre recrue, se prennent par la taille pour aborder les bois et mordre dans leur pomme. Il est un peu plus de midi, elles disposent d'une bonne heure avant que ne les appelle la cloche du déjeuner.

Derrières à même niveau, peaux pareillement dorées, elles vont en des robes qui dévoilent leurs jambes, et si on les regarde de près on les voit qui s'amusent, marchent du pas des amazones en mission de conquête, puis de ce celui des confidentes. Elles croquent à belles dents le fruit de l'insouciance et pftt !!... en soufflent les pépins, l'une du côté gauche, l'autre du côté droit.

—Tu as meilleure allure que ce matin, remarque Clarisse. Pas de regret d'être venue ?

— Nenni, lui répond sa cadette dans le mélange des fragrances de l'été et du parfum de sa cousine, comme elle sous sa robe sans rien que du plaisir.

— J'ai cependant perçu des cris... Lipovski t'aurait-il malmenée ?

— Pas du tout, affirme l'humoriste, décidément en verve. Il m'a conseillé de m'ouvrir, et je me suis ouverte. Ensuite il m'a fait des papouilles, nous avons échangé des baisers et nous avons parlé.

— Intéressant.

— Et instructif ! Il m'a montré son membre, soutenu de lacets et comme emmailloté. On aurait dit un poilu de la guerre de 14, je n'en croyais pas mes yeux. C'est à la suite de cet aperçu que j'ai poussé ces cris pour la raison que je le désirais, alors que lui ne voulait rien savoir : nous devions d'abord, prétextait-il, nous entretenir de mes pratiques, les travailler et non nous comporter comme des irresponsables. Souhaitant cependant qu'il prît en considération mon désir d'enlacement, je lui ai sauté dessus, mais il m'a bâillonnée et s'est enfui... Sur le coup, je lui en ai voulu à mort, mais à présent que Sarah m'a parlé, je lui ai pardonné. La seule chose qui me chagrine, c'est l'ignorance dans laquelle on me tient. Ni elle, ni le docteur, ni toi ni personne n'a voulu me révéler quoi que ce soit. À croire que je compte pour du beurre.

— Il se trouve simplement que nous possédons un savoir qui te manque, augmenté d'expériences que tu apprécieras plus tard.

— Expériences de conspiratrices, ne me dis pas le contraire.

— Tiens donc !

— Enfin, Clarisse, on m'allèche, on me met sur le gril, on me tourne, on me retourne et que fait-on ensuite ? On me plonge dans l'eau froide... Et si je me tiens correctement, s'amuse-t-elle en balançant au diable son trognon de pomme, on m'offre un fruit pour me faire patienter. Et toi qui me surveilles, qui rédiges ton raport... Avoue que tu fais partie de la bande ! Mais je m'en fiche, décide-t-elle en enjambant sa robe.

— Clarisse, se prend-elle alors à chanter, si tu savais ce qu'on est bien, toute nue ! »

Et la voici en sa belle indécence, une main dans celle de son amie, de sa cousine chérie ou de la pire traitresse qui soit, repartie dans ses poèmes...

— Judith chérie, voulez-vous prendre pour époux Trouskaïa Florian, du Portique Hélion et le maestro Fizzi, tous trois impatients de convoler ?

— Oh oui, missié gourou, répondra l'adorable, dissimulant d'une main ses petits seins et son cresson de l'autre, décidée cependant, sitôt rincée à l'eau du bénitier, à offrir ses appâts à son médecin défait de son pansement, parallèlement à son gymnaste pour une séance de saute-mouton, sautez minettes et recommencez, Amadeo en cadeau d'arrivée, Amadeo la saisissant au vol et l'emportant, la déposant dans les pâquerettes, l'invitant à s'ouvrir, l'amenant à gémir... Son gros piston dans sa tirelire et si bien introduit, et si bien ressorti, manié avec une telle dextérité qu'elle trouvera, à l'image de certaines qui en font tout un plat, dans les bras de son amour un plaisir ineffable. Puis, sautant du coq à l'âne :

— Je désire un enfant, dit-elle.
— De moi ?

Elles se regardent dans les yeux, le fou rire les étouffe. N'empêche qu'à quelques pas de là, ne trouvant plus sa robe, l'improbable mère sent son front se creuser : si en effet, venant d'une poétesse, la nudité peut sembler naturelle, la privation de vêtements relève de la fatalité. De jeune fille bien élevée, la voici devenue par sa faute le jouet de son destin.

En repentir de cette maldresse, sans doute lui faudra-t-il avouer ses péchés, courber l'échine devant ses juges. Trop fière cependant pour se mettre à genoux, rassurée d'autre part par la présence d'une Clarisse lui déclarant ne l'avoir jamais vue aussi belle, elle se reprend en main, redresse le buste, désigne le sous-bois de la pointe rose de ses seins.

Chatouillée par les feuilles, la voici qui révèle à présent certains détails de son intimité et, préférant le mystère des futaies aux sentiers tout tracés, invite sa cousine, à moins que ce soit sa jumelle ou son double, à rejoindre l'époque où résonnait dans le cœur de l'humanité le gazouillis des créatures de Dieu.

Sans rapport avec le présent, mais la ramenant à de semblables feuillages, une pensée vient alors l'assombrir : quelles auraient été ses réactions dans la forêt d'Ermenonville, se demande-t-elle avec terreur, si, après s'être livrée à son démon, elle avait égaré ses vêtements ? Et de quelle manière, vêtue de ses seules baskets, aurait-elle regagné Senlis ? Elle en a froid dans le dos mais rien à craindre ici. Une haute maçonnerie la maintient à l'abri des regards, sans compter que Clarisse la protège non seulement des voyeurs mais également d'elle-même, de l'envie de grimper dans un arbre et, de là-haut, en accord avec les oiseaux... Bon, vous l'aurez compris, la nudité attise l'imaginaire, raison pour laquelle Napoléon conseilla aux dames de se prémunir, par le moyen d'une culotte jusqu'alors méprisée, contre le souhait de nombre d'officiers, sous prétexte que les robes les gênaient lorsqu'elles portaient le gant vers le pommeau de la selle et l'escarpin vers l'étrier, d'assister les plus blondes.

De ce détail, Judith se souvenait. Mais le redécouvrir ici, dans une pénombre habitée de satyres bienveillants, passer de la jeune femme entreprenant de se hisser sur sa monture à l'homme venu l'aider, se considérer de son point de vue à lui, puis revenir à soi tandis que son intimité, un instant dévoilée par un lever de cuisse accompagné d'un envol de jupons, s'en va se déposer sur un cuir à sa forme, la ramenait à ses moiteurs.

— Je ne t'entend plus, lui faisait remarquer Clarisse. Serais-tu dans une impasse ?

— Nullement, répondait l'écuyère revenue de sommets où elle galoppait seule, je pensais... je pensais à je ne sais quoi.

— Avoue plutôt que tu imaginais *des choses.*

Elle affirma que non, mais à la question de Clarisse la priant de raconter, elle répondit qu'elle venait d'entrevoir une situation corsée : la cloche appelait au déjeuner, Pipo leur amenait leurs chevaux, les aidait se mettre en selle.

— Et alors ?

— Nous n'avons pas ce culotte. »

Elles se reprirent à rire et le rire était bon, la nudité de même...

— Si ta mère te voyait !

— Tombée à la renverse.

— On verrait ses dessous...

— Elle n'en porte jamais. »

Et le rire redoubla, s'apaisa, expira sur la toison grisonnante et pelée — pouah ! — de madame Garancière Marie-Louise Alphonsine, bientôt cinquante-neuf ans, née du Boissy de Marigault.

— Tu es irrespectueuse.

— Et toi, tu ne m'as toujours pas dit où tu as disparu après m'avoir livrée à ton emmailloté.

— Tu n'as pas deviné ?

— Tu es allée retrouver ton gymnaste. Je t'ai vue l'embrasser

— Il avait envie de moi.

— Et tu as bien voulu ?

— Je voulais surtout qu'il m'entretînt de sa dernière trouvaille.

— Dans le domaine sportif ?
— En quelque sorte.

Dans le domaine du sexe, donc, facile à deviner. Il suffisait de regarder Clarisse, resplendissante comme il n'est pas permis, un peu lasse on s'en doute, mais détendue par les étreintes qu'elle continuait de vivre par devers elle, comme il semblait que s'y abandonnât toute femme après l'hommage de son amant…

Ce devait être merveilleux d'être fêtée, comme avait dû l'être Clarisse, par un garçon aussi courtois, ou presque, que celui du parc Montsouris. Elle en ressentit une morsure, ne put résister au souffle froid venu la saisir par-dessous. Si bien que cette morsure (le moindre écart ramenant souvent sur un terrain aride) tourna à son désavantage, au point qu'elle n'osa s'enquérir des détails. Si elle s'identifiait sans mal, dans ses lectures, à l'héroïne séduite par l'imagination de son amant, si elle parvenait à faire sienne son bonheur, là, confrontée brusquement à la réalité, elle se vit délaissée, abandonnée sur le bord d'une route où l'on allait sans elle Et pour la millième fois, elle se jugea incapable de vivre.

Jalouse de sa cousine ?

— Écoute, Clarisse, dit-elle d'une voix décomposée, je ne veux pas rentrer chez moi. Je ne veux plus voir mes parents, ni leurs amis, ni personne. Je veux rester ici et seconder Sarah, m'occuper des garçons. Sarah m'a expliqué que certains d'entre eux étaient plus à plaindre que nous, que leur traitement était plus délicat, car en plus de nous satisfaire il leur fallait s'abandonner, ce qui n'est pas de la tarte. Aussi travaille-t-elle, m'a-t-elle confié, à la création d'un second institut pour leur venir en aide, les rendre à même de partager avec nous le plaisir qu'ils nous donnent.

Clarisse ne sut répondre, Judith la faisait fondre.

Elles poursuivent au hasard par le travers d'un bois où tout s'éclaire, promenade amoureuse sous protection de la ramure…

— Cousine, dit alors Judith, je m'en vais t'effeuiller.

Et elle dévêt Clarisse comme le fera pour elle, dissimulant son inexpérience, le novice accueilli à l'Institut d'épanouissement des sexes, intimidé mais décidé à vivre, donc à l'écoute du désir féminin, soucieux de le satisfaire. Le jeune homme entreprend donc de dévêtir celle qui lui est confiée, Clarisse en l'occurrence. Alors d'abord l'épaule et l'aperçu d'un sein, puis la gorge en entier, révélation qui incendie tandis que choit la robe, elle dans la peau du garçon caressant la cousine si douce, si accueillante qu'on ne peut s'en détacher, qu'on pleurerait contre elle pour ne plus voir la cage, pour qu'on vous l'ouvre enfin.

Posant une joue contre le ventre chaud, si élastique et tendre qu'elle en défaillerait, elle reçoit en retour, sur l'inclinaison de son cou sous ses cheveux épars, la caresse d'une main aux ongles incarnats.

— C'est d'un homme dont tu as besoin. Pas de moi.

— Mais je t'aime !

— Moi de même, et j'en suis bouleversée. Seulement, ce que tu ignores, c'est qui tu es vraiment : un garçon sous une fille, une fille mâtinée de garçon, ou bien une femme en travail d'éclosion ?... Nous le saurons ce soir. Et si cela t'effraie, je resterai à tes côtés.

— Toutes les deux...

— En effet. Avec celui que nous avons choisi pour toi.

— Tu le connais ? »

Clarisse la serre contre elle, seins de gazelle contre poitrine adulte, bourgeons de petite fille dans le frisson des feuilles.

— Ne me quitte pas.

— Je n'en ai pas l'intention.

— Alors imagine que je suis un garçon, et laisse-moi te caresser.

Non prévue au planning, cette relation saphique. Que risque-t-on cependant à s'éloigner du droit chemin ? Point de départ à présent loin derrière, ligne d'arrivée en vue, aucun autre danger que celui de s'éprendre et chuter... Elle ébouriffe Judith, lui abandonne son corps, demeure en observation de deux mains féminines à l'arrêt sur ses hanches, douceurs cette fois en ascension tandis qu'elle élève les bras, mains à présent redescendues vers le frôlement d'un sein et la saisie de l'autre, griffures achevées en baisers. La butineuse en son aplomb de s'en aller ensuite, d'un mouvement coulé, se caresser à la toison pubienne et vouloir l'y enfouir, oser timidement la langue, se redresser et enlacer... Ne rien lui refuser mais ne pas participer, encore moins partager.

— Je t'ai déplu ?

Clarisse ne répond pas, quelque chose lui fait peur. Elle se reprend cependant, ramasse sa robe et la déchire en deux, en offre à Judith une moitié pour que le jardinier, prétexte-t-elle, n'ait pas à se voiler la face.

Elles se nouent sur les hanches les lambeaux du vêtement, s'engagent dans un sentier où marcher côte à côte, et qui aurait croisé cette cousinerie en ses propos de haute sagesse aurait douté de ses sens.

— Ma chérie, disait l'une, l'heure est passée de la frivolité. Elle est à la sagesse.

— En attendant, répondait l'autre, tu me dévoiles tes fesses.

— Alors cesse de traîner, donne-moi la main et écoute-moi.

« Tu voulais te fondre en moi, tu n'as pas réussi. De mon côté, je n'ai rien gagné non plus. Mais rien d'anormal à une telle situation : au jeu de l'amour ne se distinguent ni vainqueur ni vaincu. Si la partie est joliment menée, deux bonheurs confondus. Dans le cas contraire deux frustrations, la honte et le dépit en prime.

» Vas-tu maintenant chercher à te venger de moi pour m'être défilée ? Que non. Délicate et sensée, tu vas au contraire réfléchir.

» Nous voici deux abeilles eloignéess de la ruche, songeras-tu. Nous butinons à droite, nous butinons à gauche, titubons vers nectars et délices mais refusons les plaisirs sans lendemain. La consommation de nos pollens nous laisserait stupides, si bien que nos baisers auraient avant longtemps le goût de l'amertume. Or, éprises l'une de l'autre et visant l'infini, à une brève étreinte nous préférons l'élévation de l'âme. »

Judith comprenait-elle ?

Tout à fait. Cependant, si elle se permettait... pour quelle raison l'avoir entraînée dans les bois afin d'aborder ce point de philosophie ? N'auraient-elles pu, en jeunes personnes sensées, rester à deviser devant un thé, sur la terrasse de l'Institut ?

— Nous l'aurions pu. Mais de quelle manière, dans ce cas, nous serions-nous rencontrées ? En quoi aurions-nous perçu, dans les artifices du confort, ce qui nous lie à la forêt, au papillon et à la vastitude, à la Création dans son immensité ?

Rien à répondre à cela, juste à se laisser faire, se laisser attiser au milieu des feuillages... Elles se prenaient par la taille et se mêlaient les lèvres, sentaient l'âme de la terre les conduire vers elles-mêmes.

Ce fut une longue étreinte, un baiser de prière et de miel où se mêlaient ramages et songes, où tournoyaient les spirales d'énergie liées aux millénaires depuis le premier jour du monde. La forêt investie et heureuse, la forêt visitée par des yeux amoureux qui en reflétaient d'autres, pareillement humains...

D'émotion, elles pleurèrent dans les bras l'une de l'autre, un lapin les regardant, un écureuil cessant de s'effrayer.

— Pourquoi ces larmes, ma douce abeille ?
— Les larmes sont un miel.
— Et le miel est partout ?
— Partout — et Clarisse renifla — partout pour qui sait accueillir les larmes.

C'est la haute initiée qui cette fois s'effondrait, Judith qui la serrait contre elle, elle encore une enfant, ne sachant de quelle manière se comporter avec l'aînée aux yeux humides, mais ce n'était pas grave. Elle releva la tête et vit un homme qui s'approchait, les soulevait et les emportait. Elles jouissaient alors entre ses bras et s'occupaient de lui, le défaisaient de ses pansements...

Poursuite de l'échange après qu'elles se sont relevées, qu'elles ont revêtu les restes de la robe.

« Les discussions ne mènent à rien, reprenait Clarisse.

Si nous raisonnons à partir de nous, de notre petit "nous", du petit Moi forgé par notre éducation, nous butons sur nos propres limites, ne parvenons qu'à un cul-de-sac nous coupant de l'infini. Si au contraire, délivrées des scories dont nous ont barbouillées durant une partie de notre enfance nos précepteurs et curés, oublieuses du bourrage de crâne n'ayant servi qu'à édifier le retranchement derrière lesquels nous nous terrons... si au contraire nous nous ouvrons à notre essence et rejoignons notre *être*, eh bien, l'esprit ouvert à la globalité, nous rejoignons l'universel, atteignons le bonheur.

» Oh, ma Judith, concluait-elle, que je te suis reconnaissante de me prêter une oreille attentive, de ne pas m'interrompre ! Je ne suis qu'une ignorante, j'éprouve le plus grand mal à manier ces concepts ».

— Les hommes nous seraient-il supérieurs ?

— Par moment, dans le domaine des idées. À la fois plus logiques que nous ne sommes, en même temps plus fragiles, plus complexes. Mieux armés que nous pour la transcendance, plus proches que nous de la divinité, mais en même temps rivés à des idées morbides, fascinés par le mal, acharnés à leur perte.

— C'est en ces termes que m'a parlé le docteur. Vous êtes en relation ?

— Si je ne l'avais pas rencontré, confia-t-elle avec un beau sourire, s'il ne m'avait désigné la cellule en laquelle j'allais moi aussi m'étioler, et s'il ne m'avait indiqué la manière d'en sortir, comme nous le faisons aujourd'hui en ce qui te concerne, je serais en cette heure avocate, j'utiliserais le droit pour bafouer la justice et contourner la loi, ainsi que le pratique nos familles.

— Tu le connais depuis longtemps ?

— Depuis San Francisco, il y a de cela six ans. On a dû t'en parler, malgré que je ne sois pas un exemple. À dire vrai, je serais plutôt le contraire, surtout aux yeux de Monseigneur ton oncle. Imagine sa figure s'il nous voyait ici, aussi peu vêtues que nous sommes.

— À ce propos, reprenait-elle, sais-tu pourquoi je tiens à te tirer de leurs griffes ?

— Pour la raison que tu es éprise de moi.

— En effet, et je ne m'en cache pas. Mais ce qui m'a d'abord rapprochée de toi, ce qui m'a poussée vers toi, ce sont tes carnets. Je les ai ouverts dès que ta mère, dépassée par les événements, a osé me les confier... Dès la première page, j'ai eu la sensation de revenir dans l'univers qui fut le mien, de cheminer au sein de paysages connus, d'y revoir des contrées autrefois traversées. Car si tu t'es promenée hier, solitaire et le cœur battant, dans la tenue d'aujourd'hui, j'ai de mon côté posé pour la photo de charme. Florian, à cette époque, hantait ce milieu à la recherche d'un modèle, d'une collaboratrice, d'un double féminin capable de lui apporter à la fois l'amour, le plaisir et le soutien dont il avait besoin. Et comme je lui avais tapé dans l'œil (lui de même en ce qui me concerne) il m'a proposé de ne plus officier que pour lui. Si bien que nous avons bientôt vécu une relation inouïe. En psychanalyse lui aussi, mais travaillé par les idées qu'il met aujourd'hui en pratique, il m'a tenu le raisonnement suivant : nous pourrions l'un et l'autre, et l'un par l'autre, nous rebâtir de fond en comble... Tombée amoureuse à la fois de sa personne, de ses certitudes et de ses visions, je lui ai fait confiance. Reprenant ses recherches, il s'est alors passionné pour les philosophies orientales, s'est rendu au Népal, m'a invitée à l'y rejoindre... Et là, ma Judith, si tu savais — elle eut un geste en forme de corolle — plus qu'une révélation, ce fut une illumination.

Elle se défit de sa moitié de robe et la plia en deux, la plaça en coussin sur un tronc naufragé, y déposa sa belle sérénité.

« À travers tes pratiques... disons tes exhibitions narcissiques (je dirai quant à moi le don de ta personne au divin qui t'habite), tu cherchais la même vérité que moi... Mais j'étais à vingt ans aussi démunie que tu l'es. Sans maître ni boussole, sans personne qui me vînt en aide, j'aurais comme toi erré dans un désert de plus en plus stérile.

» Ce maître, ce sage, je l'ai trouvé là-bas par le biais de Florian. Lorsque je l'ai rencontré, après qu'il avait fui le Tibet en raison des atrocités qui s'y passent, j'ai découvert un vieillard majestueux, irradiant une telle beauté, une telle lumière que j'allais tous les jours me baigner de son aura. Si bien qu'au cours des mois que nous avons passés ensemble nous sommes devenus *un*, comme liés par une force mystérieuse. Et liés si étroitement que je puis faire appel à lui quand je veux, où que je sois. Il me suffit de me placer dans le souvenir que j'ai de lui, de faire le vide en moi et d'évoquer... j'allais dire son image mais non, c'est plus subtil. Il s'agirait plutôt du calme de son esprit, de la paix qui l'habite.

— Et qu'il a le pouvoir de transmettre ?

— Dans le sens où l'on entend ce terme, un sage est dénué de pouvoir. Il ne possède que ce qu'il capte, autrement dit la Connaissance, le Savoir.

— Moi qui te croyais frivole...

— Encore que sagesse et frivolité fassent parfois bon ménage, c'est ce que pense notre famille..

Elle attira Judith à elle, lui avoua qu'elle n'avait jamais aimé de personne de son sexe mais que plus tard, si toutes deux le voulaient...

— Qu'en pensera ton maître ?

— Mon maître est amoureux.

— De toi ?

— De toi, de moi... de nos semblables.

Tandis qu'elles prenaient le chemin du retour, il parut à Judith qu'un regard protecteur la suivait. Elle distinguait ainsi, dans l'infini d'une steppe qui l'éclairait de transparence, une silhouette la regardant approcher, se préparant à l'accueillir, à lui offrir une eau fraîche de la pureté de laquelle s'exhalerait le silence... Elle s'avançait vers lui tandis qu'un souffle d'air lui caressait les reins, frôlement suivi de la fraîcheur d'un drap dont on la recouvrait, puis qu'on ouvrait pour la porter à la lumière et que le maître la vît, qu'elle vînt au monde sous son rayonnement, et qu'elle lui fût offerte. Il la trouvait jolie avec ses petits seins dardés, à sa taille cette étoffe...

— Que vont dire mes parents, si je ne rentre pas ?

— Que t'importe.

— Ils vont me couper les vivres.

— Tu trouveras du miel.
— Mais je refuse tout retour à la ruche, et le miel est dedans.
— Le miel se trouve là où l'on a décidé de vivre.
— Je n'ai qu'une licence de lettres.
— Moi des projets pour toi.
— Mais je n'ai jamais donné, Clarisse… et j'ai tant de mal à recevoir.
— Ne sens-tu pas que nous y remédions ?
— Mais je suis ignorante, je ne sais même pas …
— Tu le sauras après le déjeuner, c'est au programme de cet après-midi. »

Méandre du sentier, façade du manoir, du monde à la terrasse.

— Tu ne veux m'en dire plus ?
— Non.
— S'il te plaît.
— À une condition…

La laisser mijoter avant de lui reprendre la taille, de glisser le secret au creux de son oreille… Voir alors ses yeux bleus s'agrandir, s'ouvrir sa bouche de fiancée :

— Comment cela, un catcheur ?
— Pour la musculation, ma chérie.

11 – *Bleu tendre, noir orage, bleu soutenu*

Corsage boutonné jusqu'au col, minijupe en adoucissant la rigueur, Mariette vint déposer sur une table basse qui la fait s'incliner dos au parc, offrir au jardinier ce qu'elle portait ou ne portait pas dessous, des verres de jus de fruit rehaussé de curaçao. Xu rejoignit alors es cousines en compagnie de Béatrice, tira une chaise longue mais, avant de s'y allonger, tint à montrer le résultat de ses travaux : balayant d'une main le voile qui la couvrait à peine, elle exhiba, en couronnement de ses audaces, une minuscule pièce de tissu qu'il suffisait de d'appliquer sur le pubis après s'être épilée devant son miroir, ou s'en être comme elle remise à son barbier.

Judith regarde Béatrice, qui pareillement la dévisage.
Pensées de cette dernière : *Cette mignonne sur le ring, puis sur l'engin du monstre...*
Pensées de la première : *Cette coquine au petit nez en trompette...*
Le même âge l'une et l'autre, échange de sourires, partage d'une chaleur à l'heure où les abeilles commencent à ressentir la faim.
Effet de quelque philtre ajouté aux cocktails ? Judith imaginait un ring où on la déposait, huilée de pied en cap, protégée de jambières et de poignets de force, face à un adversaire que fascinait son poil. Dans quelle mesure pourrait-elle supporter l'empoignade ?... Elle eut envie de rire, envie de faire pipi mais n'osa se lever. C'est à ce moment que Pipo, s'efforçant d'ignorer les tenues de ces demoiselles, vint offrir à chacune une rose.

Sur le déjeuner rien à dire, si ce n'est que la nouvelle venue, brièvement aperçue au portique, exprimait une solide inquiétude, qu'on y but de l'eau citronnée mais à peine, et qu'on le prit dans le plus grand silence. Mariette assurait le service, les hommes étaient absents, les femmes portaient des tenues à ce point identiques qu'on aurait dit un repas de religieuses.

Judith n'y comprenait que couic mais se pliait à la règle et flottait dans l'ailleurs.

Jusqu'à ce que tout s'écroulât.

La raison en revint au tintement des assiettes, à l'action des fourchettes, aux cachotteries de l'assemblée, assurément au regard de Béatrice, et sans doute à l'allure de volaille égarée de la nouvelle venue, prénommée Ernestine. Supputant qu'elle allait en baver comme jamais, elle plongeait le nez dans sa salade et n'en pensait pas moins. À la perception de sa panique, Judith éclata de rire et fit pipi sous elle.

La honte !

Le salaire de la honte...

Alors que quittent le pensionnat les filles bonnes familles, hautains navires en déploiement de majesté sur d'élégants talons, elle se voit quant à elle dans une jupe de misère, et bien sûr sans la moindre culotte, avec un chemisier qui n'a plus qu'un bouton. Pipo a a lâché sa brouette pour la suivre des yeux, la suivre au bout du monde pour y jouer du flûtiau mais apparaît la fac, l'amphithéâtre où chacune prend ses aises — elle au fond comme de juste, les yeux baissés de sorte que le maître, des hauteurs du savoir, ne puisse la remarquer.

— Ouvrez s'il vous plaît vos cahiers, éructe l'enseignant, et revenons à la leçon d'hier — laquelle portait... je vous écoute... ?

— Sur l'organe reproducteur des messieurs, monsieur le professeur. En particulier sur leurs bourses.

— Fort bien, mademoiselle du Bel Air. Veuillez à présent rappeler à vos camarades ce que contiennent ces bourses.

— Deux glandes, monsieur le professeur.

— Et plus précisément...?

— Deux... enfin deux bijoux de famille.

— Parfait, mademoiselle. Dites-moi maintenant quel est le rôle de ces bijoux, autrement dénommées pruneaux, roubignolles et j'en passe, dans le métabolisme des adolescents.

— Leur faire pousser la barbe, leur durcir abdominaux et biceps, renforcer à partir de quinze ans leur volonté de conquête.

— Je vous accorde mes félicitations, mademoiselle. Vos parents n'auront pas à rougir de leur fille, vous pouvez vous rasseoir. Je me tourne à présent vers votre voisine…

— Mademoiselle du Pompon, à quelles conquêtes la du Bel Air faisait-elle allusion, s'il vous plaît ?

— À la conquête de l'Ouest.

— Mais encore…

— À celle du Graal, monsieur le professeur.

— Et où le trouvons-nous, ce "Graal"?

— Dans le buisson des filles, monsieur le professeur, à la charnière des cuisses.

— Que voici une réponse lumineuse, ma Pompon ! Seriez-vous poétesse ?

Le maître accédait aux hauteurs de l'Éverest, s'en astiquait le jonc, enveloppait ses courtisanes d'un regard de goret dans lequel se reflétaient, en plus des rotoplots de cette pouffiasse de Marie-Bérangère, la formidable croupe de Marie-Scolastique, l'une et l'autre demeurées bouche béante, bavant devant Jésus. Elles avaient déposé leurs nichons sur l'appui du prie-Dieu, offert leurs postérieurs aux assauts du djihad.

— Retrouvons-nous à la sortie, vous me raconterez cela, ajoutait l'agrégé sans cesser de reluquer son harem, sans interrompre non plus le palpé de ses prunes depuis le fond de sa poche. Achevant enfin de tout remettre en ordre, il balayait d'un regard satisfait son assemblée d'admiratrices, mettait à profit son pouvoir d'enseignant pour se lancer dans la philosophie.

« Une fécondation express par le biais de vos minous en effet, mes poulettes. C'est-à-dire, sitôt que vos mamans vous ont abandonnées à vos études, introduction furtive d'un godelureau en votre chambre, exploration de vos charnières suivie de leur pénétration et de leur mise à sac, partant de votre mise en cloque... Mais la raison ce cela, où diable la pêcher ?...

»Plusieurs réponses possibles.

» Selon certains auteurs, l'attirance pour les profondeurs que suggèrent le Kamasutra proviendrait de la volonté de notre Seigneur de voir se perpétuer Sa création ; pour d'autres, du besoin qu'ont les gars de se vider les burnes ou encore, aux yeux des érudits, du retour au paradis après que l'Esprit a flotté sur les eaux, celles qu'ont répandues vos génitrices pour accoucher de votre engeance dès que votre engeance fut... D'autres enfin, à l'inverse, déclarent que la volonté de féconder les reproductrices que vous êtes destinées à devenir va puiser son essence au fond de vos bénitiers, enfin de vos rez-de-chaussée en leurs accès considérés comme porte de l'Éden, l'origine et le but se confondant alors dans la reproduction de l'espèce.

» Dans le même ordre d'idée, de quelle manière considérer vos avantages, prêts à franchir le rempart imposé par l'Église pour peu que vous n'y preniez garde — vous me suivez ?... Alors le temps que je consulte le Livre, remballez vos appas. »

Puis, après fermeture de la Bible :

« Aucun commentaire dans les Écritures, pas la moindre remarque sur les débordements mammaires hors des corsages chrétiens. Je vous prierai en conséquence d'y réfléchir et de me livrer vos conclusions, par écrit de s'il vous plaît. Et de me fournir par la même occasion la description de vos mirlitons. Levez la jambe, lorgnez-vous par-dessous, examinez-vous devant la glace, documentez-vous, mettez vos domestiques à contribution... je désire vos copies pour jeudi.

» Cette parenthèse fermée, poursuivons. Nous en étions au contenu des bourses, moteur de la conquête. Mais qu'en est-il du membre ? »

Judith se faisait toute petite, se cachait sous les mots qu'elle tentait de noter, priait intensément. Relevant hélas la tête, comme de juste au mauvais moment, elle croisa le regard du Maître, lequel la débusqua.

— Mademoiselle... ?

— Judith.
— Nouvelle venue ?
— En effet.
— En effet **MONSIEUR**.

Toutes les têtes à sang bleu, sang noir et mauvais sang s'étaient si bien tournées vers elle qu'elle eut envie de prendre ses jambes à son cou et de filer par l'escalier, mais son dernier bouton et sa jupe déchirée...

— Votre nom de famille, s'il vous plaît.
— Je... Jardinier, monsieur.
— Eh bien nous voici renseignés, ricana l'agrégé tout en notant dans son calepin ce semblant de patronyme, *Jardinier*, pourquoi pas *Palfrenier* pendant qu'on y était, puis invitant la bécasse, pas si mal fichue que ça si on la reluquait de près, à le rejoindre sur l'estrade et gagner le tableau.

Par chance, les degrés du savoir se situaient de côté, de sorte que la pauvresse, proie d'un cauchemar menant au pilori et offrant aux sarcasmes un pétoulet tout blanc, se retrouva saine et sauve, encore qu'en pleine terreur et la vessie à l'agonie, devant son professeur d'anatomie — une bête redoutable, avec des poils qui lui sortaient du nez et des dents de cheval.

Il fixait sans vergogne la misère du corsage, les accrocs de la jupe, les chaussettes affaissées...

— Boursière, je suppose.

Sourires des du Barry et du Machin, qui cependant n'auraient jamais manqué confesse... Mais le professeur, tout en achevant de se réajuster, désignait le tabouret.

— Reprenons, mademoiselle... Nous en étions au membre, symbole d'une virilité que vous apprécierez dès lors que vous l'aurez en main. Eh bien prenez cette craie, grimpez là-dessus, dessinez-en le détail.

— Le...

— C'est cela. L'organe qui propulsa en madame votre mère la manne dont vous êtes née, au cas où vous n'auriez saisi la signification de *membre*.

Elle allait devoir se hisser, lever un bras avec, comme de juste, sous le haillon de sa jupe...

Ce soir à l'heure de ses vingt ans, vingt printemps la chérie, sonnerait la fin de ses attentes. Au premier étage, déjà, en une chambre nuptiale réservée de longue date, Mariette et Pipo s'affairaient à ses noces.

Éprouvait-elle un penchant pour les femmes ? Si oui, connaîtrait-elle un seul garçon ? Elle n'en savait rien, ne savait rien du tout, mais qu'il était agréable, à l'ombre d'un parasol, de ne savoir grand chose ni de soi, ni d'autrui. Elle sirotait son thé en suivant un nuage, y découvrait un catcheur couronné de biceps, avec des pectoraux comme les murailles de Chine...

— Tu rêves ? »

Clarisse vint se poser près d'elle et lui saisit la main, se releva aussitôt — *une histoire de chandail...* —, si bien qu'elle put à nouveau dériver vers l'analyse de ses dérèglements, songea qu'elle aurait pu finir au gnouf et même au tribunal, les juges la condamnant à porter jour et nuit une culotte de fer, ses parents la chassant à jamais. Mais contre toute attente, tombée du ciel et s'arrangeant pour qu'on la remît d'aplomb à l'occasion de son anniversaire, Clarisse lui désignait cet institut...

Testicules dégorgeant par millions leurs spermatozoïdes, verge durcie par la pression du sang pour la pénétration du fourreau vaginal, allers-retours et accélération... elle avait étudié tous ces points. Elle avait même visionné en cachette un des CD de son père, *Le Camping des craquouzes* — une horreur ! — fascinant cependant car on voyait au premier plan les génitoires des vacanciers, énormités fourrageant dans les fesses, les vulves et les nichons de baigneuses consentantes, puis vomissant une espèce de blanc d'œuf dont se tartinaient les garces, certaines s'en pourléchant...

Beaucoup de garçons sont poilus, d'autres au contraire, sont aussi lisses que les filles, mais tous demeurent à des années-lumière d'en posséder la grâce, because ce qui leur pend entre les jambes, se dresse pour un oui ou un non. Cela se nomme une érection, ce doit être aussi lourd à porter qu'une laiterie de nourrice.

Les campeurs semblaient au plus haut point apprécier

qu'on saisisse, qu'on manie et se fourre dans sa bouche...
Un maigrelet besognait par derrière une mère de famille
aux nichons affaissées et la pliait en deux, lui pilonnait la
charnière, le trou des fesses dans la foulée (et le tout en
gros plan), un autre pendant ce temps agrippant la bourrique par les tifs, la contraignant à se le mettre en bouche
pendant qu'un désaxé au regard biais, en planque dans
les roseaux pour ne rien perdre du spectacle, s'excitait sur
son manche.

Et les testicules, quel effet cela fait-il d'en avoir ? Est-ce
comme les seins, mais à un autre endroit ? Ça doit vous
ballotter sur la charnière, fesses du garçon contractées à
l'aller, détendues au retour — c'est ainsi qu'aurait
procédé le routier s'il les avait chopées : introduction du
dard suivi d'une marche arrière, repasser aussitôt en
première, accélérer jusqu'à ce que la tension atteigne son
maximum et que ça s'accumule, alors le chauffeur du
poids lourd de cracher son blanc d'œuf et de reprendre le
volant.

Le problème, avec un concombre, c'est qu'il faut le
peler pour qu'il glisse, le réchauffer s'il sort du frigidaire,
le manier sans baisers ni caresses, ni aucun mot d'amour.
Tristesse en fin de compte, tandis qu'entre les bras d'un
homme ce doit être super, rien d'autre à combiner que se
livrer à ses caprices.

Cette envie de garçons maintenant qu'elle savait — les
hommes plus fragiles que les femmes, elle n'en revenait
pas !... Amadeo aperçu tout à l'heure en première page
de Paris-Match, tout un article à son sujet mais Clarisse le
lui aeeachait — *Cesse de te monter la tête !* grondait-elle.

Elle voudrait revenir auprès d'Amadeo, même sans
rien sous sa jupe, et tout recommencer. Elle saurait se
tenir, et c'est ensuite qu'elle le chevaucherait, le consommerait à la hussarde car on peut inverser les rôles, tenir
celui de l'homme et tout faire à sa place, et tout faire à sa
guise, et regarder ce qu'on fait... Amadeo pendant ce
temps caresserait ses petits seins, en ferait durcir les
bouts, l'accompagnerait jusqu'au big bang et la montée au
ciel — le septième paraît-il... Elle sentait qu'elle mouillait
mais n'osait vérifier, à cause de Béatrice.

Ne plus penser à cet Amadeo, à cet amour détruit. Ne s'occuper que du réel et du moment présent, chacun aux petits soins pour elle, pour elle la jolie robe qu'elle portait en cette heure, fendue sur le devant pour qu'elle fût aisément accessible...

Un lutteur ! Clarisse avait dû plaisanter, mais que lui importait. Sa naissance dans trois heures, dans deux heures à présent, dans une heure mon amour et c'en sera fini du cauchemar des parcs, de la fausse protection de buissons habités d'obsessions... Elle se sentait flotter dans une brise himalayenne et déployait ses voiles tandis qu'un fiancé du vent, choisi pour elle par Sarah et Clarisse, l'accueillait sur son torse, la humait dans le cou avant de la pénétrer...

Coup d'œil en direction de Béatrice, laquelle vous fixe de ses yeux de chatte. Elle a quitté ses lunettes de soleil, elle laisse tomber son livre, se redresse et s'approche, une rose à la main.

Soulever le bassin comme on a deviné qu'elle veut, pans de la robe ouverts, se laisser regarder...

S'offrir de la meilleure manière qui soit, une jambe allongée, un pied sur le genou...

Sentir la fleur se promener sur soi, monter le long d'une cuisse, glisser vers ce qui va fleurir... Fermer alors les yeux, se laisser bouleverser.

Des pas sur la terrasse, la robe mal refermée...

— Ernestine, dit Sarah Livenstein à la novice du repas des religieuses, vous allez commencer par une toilette intime. Et vous, Béatrice, mon chaton, au lieu de vous en prendre à notre amie Judith, vous accompagnerez cette jeune fille au bassin.

La noiraude n'avait pas de maillot ?

Xu lui passerait le sien.

Quant à ce qu'il en était de la broussailles de sa foufoune, Pipo ferait le nécessaire.

12 - *Blanc, rouge, violine*

Elle a tendu la main pour que Clarisse l'aide à se relever, a rajusté sa robe, regardé sa cousine la prendre sous son aile.
— Où m'emmènes-tu ?
— Sur les lieux du combat.
— Avec des spectateurs ?
Et les revoici qui de nouveau s'amusent, l'une de bon cœur car sa protégée lui paraît en grande forme, prête à un corps à corps dont le détail, à tort lui semble-t-il, fit transpirer plus d'une tête pensante, l'autre avec un soupçon d'inquiétude, ce qui semblait normal. De sa défloration se précisait l'instant.
— Tu n'en a nul besoin.
— Et contre qui me battrai-je ?
— Contre toi-même.
— Clarisse, tu devrais cesser ton petit jeu. Vous avez beau, tous autant que vous êtes, avoir disposé vos pièges, je peux vous en remontrer !
— Eh bien le moment est venu, mon poussin.
Elle traversent le hall, prennent sur leur droite un couloir qui les mène... non pas à la double porte du fond, demeurée entrouverte, mais à un dégagement ménagé de côté. Quelques instants plus tard, après qu'on l'a gratifiée d'un baiser, Judith se voit abandonnée dans une vaste pièce dont elle n'a guère le temps, hormis un appareil sanitaire réservé d'ordinaire aux ablutions intimes, d'apprécier le mobilier. Enveloppé d'un peignoir aussi blanc que les murs et le carrelage du sol, le crâne rasé, un type trapu dont l'allure, à mi-chemin entre le cru et le cuit, l'apparente au cochon, vient se camper devant elle, qui se demande si mieux ne vaudrait pas s'enfuir. Deux mots hélas, un ordre, et la voici priée de quitter sa robe et d'approcher la bête. Laquelle, peignoir entrouvert sur le torse, s'est installée, masse imposante et foutrement musclée, sur un tabouret de ring.

La disposant entre ses cuisses, fessier offert à l'examen, l'homme entreprend de la palper vertèbre après vertèbre, chacune pressée de l'index et du pouce.
— Pas de problèmes de ce côté ?
Elle fait non de la tête.
— Un sport ?
— Le tennis.
— Et encore ?
— Un peu d'éauitation.
— Tourne-toi.
Elle s'offre alors de face, permet qu'on apprécie le contour de ses hanches, la fermeté de ses cuisses et la souplesse de sa peau, puis, après un second demi-tour, la cambrure de son dos, le double rebond de ses fesses et leur sillon médian.
— Écarte les jambes.
Allait-on lui demander de s'incliner, d'aller toucher le sol comme l'avait exigé le gymnaste, mais en restant assis pour ne rien perdre du spectacle, être en mesure de la placer, selon les configurations de son intimité, dans telle ou telle catégorie ? L'homme lui saisit les fesses, se mit à les tapoter, à les malaxer et les pétrir, comme voulant en apprécier la résistance, puis la pria de revenir de face, ce qu'elle fit avec un sentiment de soulagement masquant la déception d'avoir été privée d'un examen qu'elle eut aimé approfondi.

Contrairement au docteur Lipovsky, l'homme n'en voulait ni à son âme, ni aux sous-sols de son ego, ni aux greniers de sa psyché, non plus qu'à ses répulsions et attirances. En spécialiste de la lutte, il évaluait souplesse, élasticité et tensions, s'intéressait aux attaches, notait largeurs, hauteurs et tour de taille, s'attachait avant tout à ce qu'il allait manier. Apparemment satisfait du poids plume qu'il devrait affronter, il se fixa ensuite sur un lieu d'où toute personne bien éduquée détourne d'ordinaire les yeux, surtout dans une situation où l'examen corporel rend improbable (pas totalement cependant) toute entreprise galante. Désobligeant ? Qu'on affichât un tel sans-gêne et qu'on s'intéressât à cette partie d'elle-même rassurait la jeune fille, qui se savait agréable à regarder.

Dans le tréfonds de ses attentes, elle espérait cependant autre chose qu'un examen visuel.

— À quoi as-tu joué, avant de venir ici ?

Elle ne comprenait pas.

— Ton poil est englué, lui fit remarquer le catcheur. Te serais-tu touchée ?

Elle balbutia que non, mais qu'une amie ...

— Eh bien tu vas me récurer ce petit coin, décida-t-il en se mettant debout. Un gant et le gel approprié, tu as là le nécessaire.

Il emplit le bidet d'une eau à peine trop fraîche, demanda à l'offusquée de s'installer de manière à le voir, lui, (qu'elle ne s'inquiétât pas, il aurait le dos tourné), puis s'en fut vers le mur opposé, prit place devant un lavabo et quitta son peignoir.

La totale ! À l'exception d'une ceinture de part et d'autre de laquelle pendaient on ne sait quoi, l'homme s'affichait dans le plus simple appareil. Si bien qu'elle allait assister, de là où elle était — lui de dos, Sainte Vierge, mais quand même —, aux ablutions d'un boxeur aux muscles de béton, essentiellement occupé de son outil. Elle vit se contracter ses fesses, perçut aux mouvements de ses coudes ce à quoi s'employaient ses mains tandis qu'il inclinait la nuque, et elle pendant ce temps...

— mon dieu ces bruits révélateurs, cette succession de clapotis dans une pièce immense qui amplifiait les sons et dont le mobilier, outre le tabouret, se limitait à une table et un matelas fitness avec, en sus, elle s'en apercevait soudain, une porte dérobée. Par chance, aucun œil n'y parut, mais la seule présence de Chéri Bibi (faute de mieux elle l'affubla de ce patronyme) suffisait pour que le monde entier fixât les yeux sur elle. Le type s'essuya rapidement, remit la serviette à sa place et, revenu à elle avant qu'elle n'eût fini, fit mine de ne pas remarquer en quelle posture elle se trouvait, ni de réaliser qu'il se tenait, lui, sans éprouver de gêne à exhiber ses attributs, en face d'une jeune fille aux occupée de rinçage.

— Tu apporteras ta serviette, je t'essuierai moi-même.

Quelques instants plus tard, bas-ventre ruisselant, elle ne fut plus qu'une patiente dont on séchait une partie du corps à peine plus importante qu'une autre, simplement plus sensible, à tapoter doucement.

Elle se trouvait entre les mains d'un mâle aux épaules de docker, aux muscles à faire ployer un chêne ; en quelque sorte d'un taureau dont le crâne, considéré d'en haut, reflétait une humanité que confirmait la délicatesse de la main s'employant à sa tâche.

Oserait-elle ? Lorsqu'il eut terminé, elle se pencha sur lui, fit sien entre ses mains le boulet rutilant de son crâne, y déposa le le duvet d'un baiser.

— Tu cherches à m'amadouer ? s'offusqua l'animal.

Il se remit debout, se tint devant elle mais ne la toucha pas, et elle crut percevoir dans ses yeux non plus la rigueur du début, mais de la bienveillance.

— Approche...

Elle prit alors conscience qu'il l'avait tutoyée d'entrée de jeu, que cette façon de s'adresser à elle, si elle ne les avait guère rapprochés l'un de l'autre, l'éloignait en tout cas, elle, par son côté direct, de l'univers feutré dans lequel elle avait jusqu'alors évolué.

— Encore un peu.

Elle franchit imidement les quelques centimètres la séparant de lui — *plus près*, insista-t-il —, sentit fleurir ses seins, son ventre s'émouvoir lorsque leurs peaux furent en contact, le sang lui cogner sur les veines lorsque le sexe mâle, étrangement doux et chaud, vint s'appliquer sur son pubis.

— Je te fais peur ?

Elle répondit que non.

— Alors tu me serres entre tes bras...

Toute inquiétude enfuie (les ablutions lui semblant à présent une entrée en matière ayant permis d'abattre ses murailles, d'achever sa destruction pour mieux la reconstruire), elle glissa ses deux mains de part et d'autre des flancs masculins, serra contre elle une masse imposante, plus ferme qu'elle n'imaginait mais en même temps plus tendre, avec un dos si large qu'elle ne parvint à y joindre les doigts... Un corps qui la prenait au dépourvu, une musculature ignorée jusqu'ici, cependant si bouleversante qu'elle demeura dans sa chaleur, la joue contre une épaule qui paraissait l'attendre. Serait ainsi restée enfouie et que plus rien ne fût dit, serait restée à caresser ce torse, à y poser les lèvres comme on le lui demandait, les mains glissant plus bas... Serait ainsi restée si on ne l'avait priée de se désenlacer, de reculer de quelques pas de manière à tout voir — cela dit sans humour — au-dessous de la ceinture.

Elle avait obéi et voyait, ou plutôt distinguait, dans la pulvérulence d'une lumière décomposée, l'exact aspect du mystère maculin, ici moins fripé que chez le docteur Lipovsky, on pourrait dire joufflu, comme de pouponnière, mais en même temps à ce point peu rafiné qu'on l'aurait dit d'un chien — ces animaux possédant un organe identique, une "queue", comme ricanent les garçons, avec "roubignoles" en sautoir.

— Tu trouves laid ?
Elle balbutia que non.
— Tu aimerais toucher ?
Elle balbutia que oui.
— Alors viens avec moi.

Il s'installa sur le bord de la table, un pied dans le vide, le pénis au repos.

Silence, flottement, puis une main féminine, non sans hésitation frôlant avant de saisir.

Si doux, si léger... les testicules pesant comme deux œufs de poule faisane et roulant dans la paume sous leur enveloppe de peau, elle en aurait pleuré. Aurait pleuré sur le garçon du parc, sur son destin à elle, sur le sort de l'espèce.

Cette question cependant, qui ne cessait de l'obséder : dans la réalité de la chose amoureuse, le sperme ressemblait-il à du blanc d'œuf, ou cet aspect provenait-il, pour les besoins du'un certain cinéma, de quelque subterfuge, de quelque maquillage permettant de le voir ? Et pouvait-on le comparer à la laitance d'une truite ? Certaines femmes, et pas uniquement les actrices engagées pour cela, prenaient paraît-il plaisir à s'en masser, parfois à le consommer, mais était-ce là la vérité ? Clarisse devait le savoir pour l'avoir pratiqué sur la personne d'Hélion, comme l'avait fait dans le sens opposé le docteur

Lipovsky, s'aventurant de la langue jusque dans son sexe à elle... Elle redoutait, espérait en même temps que le catcheur s'y emploie à son tour, mais de la semence elle ne voulait connaître que l'aspect, ça poissait paraît-il, mais on disait tant de choses, et chacun se vantait.

Elle revint à l'objet de son étude, une abstraction saisie entre deux doigts, appliquée sur la joue tandis qu'on lui ébouriffait les cheveux.

Réveillée par les lèvres qui se posaient sur elle, la forme rose et lisse, tirée de son fourreau, ne devait-elle pas grossir, devenir comme du fer ? Elle posa la question, fut invitée à relever le menton.

— Dis-moi, tu désires tout savoir !...
— Je désire surtout vivre, répondit-elle sans fard.
— Alors nous allons progresser.

Et le voici qui dégageait en douceur, et sous ses yeux pour qu'elle n'en perdît rien, le gland de son fourreau.

— À ton tour, petite fille.

Elle pensait que les hommes durcissaient à la seule vue des femmes, à l'aperçu de leur poitrine dans l'ombre d'un chemisier lorsque venait l'été, plus encore à leurs pauses devant les objectifs, et mieux encore sur leur bidet ou pire, comme autrefois quand, ne disposant que d'une cuvette, elles devaient s'accroupir au milieu de la cuisine... Sans doute s'égarait-elle, ou bien les auteurs trompaient-ils leurs lectrices pour s'attirer l'amour mais cet homme-là, si massif, en même temps si posé et si doux, appartenait à une espèce qu'elle ne connaissait pas... Religieusement, elle entreprit alors de dégager le gland. Tirée de sa torpeur, la verge commença de grossir, doubla puis tripla de volume, durcit dans une succession d'à-coups la dressant comme une arme.

Gonflée de sève, si grosse qu'on ne pouvait la baguer, elle débordait de la main et paraissait vibrer.

La virilité, la puissance... non pas d'une brute, comme elle avait jugé du fond de son ignorance, mais de la vie dans ce qu'elle a de sacré.

Pouvait-elle la durcir plus avant ? Les testicules saisis, elle y portait la bouche lorsqu'une voix l'arrêta.

— Tu relâches.

Sur une expiration, le membre vacilla, puis retomba dans son sommeil. Une vie souterraine s'y maintenait cependant, une larme apparaissait à son extrémité.
— De la semence ?
— Un lubrifiant. Pour ne pas te blesser.
C'était tiède et onctueux, ça glissait sous le doigt, vernissait la muqueuse avant de muer en une glu dont le pouvoir s'amenuisait.
— Si tu veux bien, nous poursuivrons plus tard.

Il la fit se redresser, lui désigna l'estrade à peine surélevée qui occupait, sous les rayures ensoleillées d'un store, un renfoncement du mur. Puis la pria d'y prendre place, de s'y camper tandis qu'il venait se placer à quelques centimètres d'elle, lui demandant de lui saisir la taille. Il la prit quant à lui par les hanches et, sans qu'elle s'y attendît, l'amena contre lui et lui saisit les lèvres, s'en détacha pour la regarder, s'imprégner de sa candeur et de nouveau l'attirer, de nouveau l'éloigner. Puis il la fit à nouveau glisser vers lui pour qu'elle sentît entre ses cuisses les à-coups de l'érection, le retour de la force qui la plaçait à cheval sur un membre luisant, glissant de ses liqueurs de femme.

Son heure avait-elle sonné ? Se collaient l'une à l'autre une raideur et une chair à ce point attendrie qu'elle ne pouvait en décider... Des deux mains, l'homme l'éloignait de quelques centimètres, quelques autres encore, interrompait le mouvement avant que la distance ne vînt les désunir, puis la ramenait vers lui de manière qu'elle sentît, dans la pénombre qui la protégeait, s'enflammer par son entremise ses lèvres et ses nymphes. La fois suivante, l'empoignant par les fesses, il les lui écarta de telle sorte que, dans un réflexe de resserrement, elle glissât contre lui. Deux fois, trois fois de suite avant de la ramener, pantelante, là où se trouvait la table.

D'une pression sur la pompe d'un flacon, il lui mit dans la paume une huile dont il lui demanda de lui enduire la verge. Proie d'une volonté qui rejoignait la sienne, et sans plus se soucier du pourquoi, du comment, ni de ce qui adviendrait, ni de savoir si le plaisir lui serait accordé, elle s'agenouilla, entreprit de le oindre ainsi qu'il le voulait. Quand ce fut achevé, quand le membre parut glissant, luisant plus encore que de ses sécrétions à elle, elle le tira de son fourreau, le serra à sa base comme on venait de l'en prier, du plus fort qu'elle pouvait. Elle le sentit alors s'engorger, le vit si bien rougeoyer qu'elle crut devoir cesser. Mais on lui imposa de le prendre à deux mains, de réunir et conjuguer ses forces, de mettre dans son entreprise toute son âme de jeune fille. Alors pour la première fois, sans qu'on l'y eût contrainte, ni qu'on l'en eût priée, et sans même invoquer sa cousine, fermant les yeux, elle enveloppa de ses lèvres l'énormité qu'elle venait de manier.

Le lutteur des vases grecs évanoui dans les cordes et elle en son suçage, abeille en boulimie de miel prodiguant l'impensable, lâchant ensuite le dard pour le considérer. Mais voici le lutteur tiré de son coma, qui lui ordonne de le reprendre en main, de le serrer à sa base du plus fort qu'elle pouvait, puis de le relâcher. Parcourue de vibrations, la verge avait viré au pourpre, les veines qui l'irriguaient, violacées et noueuses, étaient gorgées de sang. Une pression, une autre, une autre encore, plus appuyée, une dernière et brusquement, en une succession de jets, jaillissait la semence sur une gorge menue qui se portait vers elle...

Un tremblement, la tétanisation de tous ses muscles, l'homme à présent tout pâle... Elle revient se couler contre lui et l'étreint, mesure sur son torse de femme la reddition des armes.

Lui reste sur les lèvres un goût d'inachevé, un concentré de frustrations. Rejoignant O et la littérature, elle souhaite qu'on l'achève.

— Pour de vrai ?
— S'il vous plaît.

13 - *Rouge carnassier, bleu renaissance*

Changement de lieu. La pièce n'est plus blanche, ni carrelée, ni sonore. Elle est ouatée de rouge, moquettée de rouge, son mobilier dans les mêmes tons, le plafond lui aussi. Identique aux autres, une porte-fenêtre s'ouvre sur la terrasse avec, au-delà de la pelouse, le portique et sa corde. L'homme désigne une table si bien habillée du même rouge qu'on la remarque à peine, invite à s'y allonger, s'éloigne pour fourrer les rideaux.

Prémices du carnage annoncé, un rouge à présent plus soutenu.

Cet homme qui n'avait pas de nom, qui parlait peu et ne plaisantait guère, qui s'approchait en dévissant le capuchon d'un tube, allait mettre un terme à son martyre de vierge. Mais avant de s'y employer, et pour que sa patiente fût en mesure de goûter au savoir, il se plaça devant elle dans la tenue qu'on sait, celle d'un esclave des arènes antiques. Mais pourquoi cette ceinture à ses hanches, et pourquoi ces lanières ? Tandis qu'il lui massait la nuque après avoir basculé sa chevelure en avant, puis les épaules à deux mains et les bras à la suite, elle distingua entre ses mèches le flottement d'une puissance dont lui restait sur la langue une savzur qu'elle jugea de noisette... Puis l'homme changea de position, elle n'eut plus sous les yeux que des entrelacs sombres dont elle se détourna, portant un court instant son regard vers le rouge électrique de la baie, qu'elle remarqua à peine.

On lui massait à présent le dos en de larges révolutions qui peu à peu l'engourdissaient, mains se joignant à hauteur de ses reins, glissant au long de son épine dorsale, révélant chaque vertèbre avant de s'en aller s'occuper des mollets et des cuisses, à peine les séparer, rose frôlant les nymphes. Elle se revit occupée à manier un phallus et le réduire à rien car elle s'y entendait, toute jeune fille qu'elle était. Il suffisait de lui saisir la queue et l'animal était fichu, un coup de langue et paf ! le costaud dans les choux. Mâle domestiqué par une simple femelle qu'il servait à présent, tenu d'une main ferme et attendant ses ordres, s'asseyant auprès d'elle, roulant deux yeux fiévreux vers la chose convoitée, s'en léchant par avance les babines mais pas touche, touche uniquement lorsqu'elle le permettrait, ce soir peut-être ou peut-être demain, après qu'on l'aurait attendrie. Et le désir lui revenait maintenant qu'on lui flattait cuisses et lui massait les fesses en catcheur diplômé, en masseur de Béa, de Clarisse et d'elle-même, toutes trois lui sautant sur le râble pour qu'il les satisfît comme avait fait à son endroit le docteur Lipovsky, Florian de son prénom, après qu'elles l'avaient consulté à propos des moiteurs, touffeurs et démangeaisons qui ravageaient une orpheline, la poussant à la pire inconduite dans les jardins publics...

Promenée du brûlant au glacé, des fantasmagories à la réalité, elle serait demeurée dans les limbes si l'avant-bras du viol, glissé soudain entre ses cuisses et poussé plus avant, ne lui avait soulevé le bassin, cette privauté la ravageant. Appels mués en gémissements, sensation de noyade mais nulle échappatoire, une poigne la contenait, des doigts de forcené abusaient de sa confiance.

Retournée brusquement, maintenue sur le dos pour le massage du buste, le pétrissage de la poitrine suivi de l'appréciation du poil, après quoi on s'en fut s'occuper des pieds dont on pressa, tira et tritura un à un les orteils, créant en connaissance de cause, dans les abîmes de la féminité, le flux et le reflux de la glace et du feu. La banquise et la lave s'enlaçaient, s'épousaient un instant, mêlaient poignards et langues en une bacchanale traversée de pulsions aussitôt foudroyées, accouplaient les contraires dans ce qu'ils présentaient de plus précieux, sexe incendié mais on le dédaignait, on attendait qu'elle pleurât son attente, qu'elle hurlât son désir et se dressât pour empoigner, retenir et faire sienne. Une fille qui désormais échappait à elle-même, une fille en vibration dans un lieu hors du temps, la matrice d'un monde en travail d'accouchement.

La confrontation de ses délires littéraires à la réalité

palpable, hors-d'œuvre d'une entreprise qui démarrait à peine, manière d'introduction de gènes dans la double spirale de chromosomes en rut, parurent s'achever sur deux chevilles que l'on saisissait, joignait avant de les abandonner. Se fit alors un silence en lequel se perçut le déplacement d'une ombre sur l'échiquier de Sarah Livenstein, et la jeune fille enlevée, arrachée au jardin des plaisirs, perdit à nouveau ses repères tandis qu'un colosse la prenait à bras-le-corps, recommençait à la manier. S'enchaînèrent à la suite torsions et extensions, flexions qui amenaient un genou au niveau d'une épaule, projetaient en l'arrière avant de plier et cambrer, déployer et fermer, basculer et retourner pour une introduction du bras entre deux abandons, la foufoune cependant respectée, cependant offerte à la concupiscence des foules, applaudissement de forcenés, porte-fenêtre à présent grande ouverte et rideaux dans la brise de l'été, valse de voiles poussées à l'autre extrémité du monde, basculement de la moquette et notre Garancière accrochée des deux cuisses à un monstre en besogne, puis saisie par les fesses, puis s'en allant gémir sur un tissus éponge qui recouvrait du cuir.

Après l'avoir désarçonnée, retournée sur le dos et mise à sa disposition, on la tire par les chevilles pour l'amener sur le bord de la table et lui saisir un pied, le lui planter dans l'étriers de gauche, et la même chose à droite.

Comme ficelée était-elle, ouverte à deux battants sans le moindre chiffon qui pût la protéger, ni personne qui se proposât pour lui venir en aide lorsque le catcheur fou eut achevé de la réduire à tien... Écartelée, agrippée par les cuisses, menée sur le devant de la scène et exhibée, lorgnée, humée par cent naseaux, ointe d'onguents pour que ses charmes luisent et que les mains y glissent, y descendent et remontent, s'attachent aux prémices d'un orgasme la dressant sur les coudes, l'amenant à se voir, à distinguer le dard que l'on pointait vers elle. Plus qu'à fermer les yeux et retomber, s'abandonner à ce qui s'annonçait, mais son tortionnaire ne la touchait ni ne la possédait comme elle s'y attendait. Il faisait encore pire. On ne peut plus synchrones, deux doigts commençaient à mimer une valse d'abeilles, puis un ballet de bourdons, puis une danse de petits pains, elle la pâte et lui le boulanger, levain et pétrisseur en ascension vers un sommet, levrette acculée et pillée. Montés de ses chevilles à l'écartement de ses genoux, redescendus de concert vers une liquéfaction brûlante, les doigts s'employaient à fêter ce qu'on tendait vers eux, à en ouvrir les lèvres avant de les quitter, de revenir les lisser, en presser les bordures, nymphes frôlées avant qu'on ne les les sépare, qu'on ne les fasse refleurir, puis qu'on ne les ferme d'une pression des doigts, pouces agissant alors sur l'ouverture des fesses, un doigt huilé s'y enfonçant, y décrivant des cercles avant de revenir sur le devant, de longuement l'apprécier et de s'y introduire. Le supplice commença sous la puissance uniforme d'un rouge annihilant toute volonté, puis le mouvement s'amplifia, engendra torsions, gémissements, halètements transformés en appels à poursuivre, à redoubler d'efforts pour que jaillisse le cri de la naissance du monde, atome gorgé de sucs, énormité portée à son incandescence, concentré d'univers à deux doigts d'exploser.

Elle eut un cabrement quand le ciel s'embrasa, rompit la sphère l'emprisonnant, essaima ses étoiles. Ses roulements de tête accompagnèrent des tourbillons de particules, par sa bouche expira l'univers.

Flottement dans une exhalaison de sueur, puis chute au ralenti, retour vers une pièce tendue de rouge, son géniteur la prenant dans ses bras et lui donnant un nom, la consolant de sa trop longue attente, la lavant des effrois qui l'échouaient sur une plage et l'y abandonnaient, la mer se retirant, un garçon s'occupant alors d'elle. Réfugiée sur un torse, le corps lié à celui de son démiurge, elle se sentait descendre vers un parfum d'encens et les formes d'une grotte, sonorité peuplée de scintillements... Une cousine l'y attendait, qui se levait à son approche et lui prenait la main, l'accompagnait dans une eau douce aux rivages de faïence.

En son demi-sommeil on la soutient et on la berce, on se sépare d'elle pour mieux la contempler, la voir sourire aux anges avant de la rattraper, de la faire dériver dans un liquide aux saveurs d'idéal, avec en fond sonore l'appel des mammifères, la réponse des oiseaux. On vient de l'arracher au mal et l'onde la reçoit, elle garde les yeux clos tandis qu'on la manie, qu'on la retourne et la soutient pour ne pas qu'elle se noie, qu'on la fait de nouveau pivoter et glisser sur son erre, revenir sur le dos, aller rejoindre des canards dont se distingue le frétillement des queues après qu'ils ont plongé, leurs palmes apparues dans le miroitement d'un jardin de grande ville.

On la soutient et on l'enlace, la plie et la déplie sans presque de mouvements, tendrement, comme une chose fragile, une porcelaine de prix. Et l'enfant des jardins de la solitude, la petite fille au pubis inachevé se rassied sur son banc, ferme les yeux pour qu'on s'approche et qu'on lui parle. On va s'asseoir à ses côtés et l'effleurer, la prendre par la main pour l'empêcher de fuir. Elle a les bras en croix et les jambes ouvertes, la nuque soutenue. On lui glisse une main sous les reins, on la laisse dériver avant de la reprendre, la faire une dernière fois tourner, chevelure déployée.

Où est passée Béatrice, où sont Hélion de Chamarande, le docteur Lipovsky et Sarah Livenstein ? Et la novice au regard d'épouvante, et Pipo, et Mariette, et le chauffeur du Mack, que sont-ils devenus ? Elle aimerait qu'ils soient tous là, accoudés au balcon, l'admirant en sa paix, blond chaperon arraché par l'orgasme au métropolitain balayé de courants d'air, au dédale des couloirs menant au néant des cliniques.

Elle sait qu'elle la verra ce soir, cette autre forme d'elle en un garçon venu la couronner, le double qu'elle espère. Dans un remous du rêve elle voit encore Amadéo, dramaturge transalpin tombé amoureux d'elle avant son achèvement, mais ce ne sera pas lui qui la verra venir, blond chaperon dans une robe blanche, un bouquet à la main. Le dramaturge était en cette heure à l'autre bout du monde, les médias le confirmaient.

C'en serait donc un autre que lui qui lui prendrait les lèvres, la mènerait au ciel, lui permettrait de pratiquer sur sa personne ce qu'elle avait appris. Les hommes ont leurs faiblesses, les leurs s'annihileraient.

L'espace d'une seconde, elle entrevoit un leurre, un stratagème du genre cheval de Troie, elle la ville, le cheval à présent dans ses murs, hennissant d'impatience. Mais son retour sur la poitrine de son soigneur l'éloigne de cette tragédie, pour elle sans importante. À jamais pacifiée, elle dérive dans dans un songe de sirène livrée à l'attouchement des algues, quelque part dans les limbes.

On l'a ramenée sur terre et frottée, enveloppée d'un long peignoir mais elle n'est plus sur terre, la fin de ses épreuves l'a menée dans les nues.
On l'a posée dans un fauteuil, on s'est agenouillé pour élaguer les abords de son sexe, mais sans trop insister. Elle pourra à loisir apprécier le résultat, sentir sa nudité nouvelle... Entre le pli de l'aine et ce qui reste du buisson c'est on ne peut plus soyeux, on y glissera la langue lorsqu'on l'épousera.
On lui murmure qu'il s'agit là de l'expression de la féminité, et qu'elle est adorable. D'un geste respectueux on la rend ensuite à la fée, laquelle lui prend sa main et la mène à l'étage, l'y chausse de bottines, lui passe un doux mohair qui lui épouse le buste, lui couvre les épaules et s'arrête à ses hanches.
Rien d'autre que cette laine pour revenir sur ses pas, redescendre vingt marches et regagner le hall, le traverser au bras d'une cousine, passer une porte et gagner un perron, se diriger vers une moto qu'enfourche une silhouette qui vous tourne le dos.

14 – Or forestier

À l'aperçu de ses mains quand il passa ses gants, ce devait être un jeune homme, mais allez donc savoir... Rien au-dessous de la ceinture, Seigneur, mais par bonheur il regardait ailleurs lorsque Clarisse l'aida à se hisser. Silencieuse, confortable, offrant l'agrément d'un dossier, de deux accoudoirs et de larges repose-pieds, la moto emportait par les bois une fille arrangée de telle sorte, en la provocation de son déploiement de part et d'autre du motard, qu'elle se trouverait à la moindre anicroche au centre d'une émeute... Gold, cela signifiait "or", mais Wing... que désignait Wing ? Les feuillages la frôlaient, un caillou de temps à autre claquait sur le métal.

Un jeune homme, lui en jean et blouson, elle ne portant que son chandail, ses bottines et son casque, songea-t-elle comme cela, sans plus s'épouvanter maintenant que la quittait la terreur de franchir le portail et d'affonter des routes encombrées de caravanes. À son poignet la montre offerte par sa grand-mère, sept heures moins une mais la montre avançait, ou retardait, elle n'avait jamais su.

Vingt ans dans quelques heures, dans quelques heures vingt printemps ma chérie, tes jolies jambes en belle exposition, un filet d'air entre elles, caresse à ton minou après que des mains de lutteur t'ont menée au plaisir d'une manière que tu n'oublieras pas — non plus que n'oublieras le goût de sa semence... Elle ressortait la langue, la promenait sur ses lèvres afin d'en retrouver le goût, mais le souvenir qu'elle tentait de ranimer lui semblait irréel, de même ce déplacement dans une tenue à couper le souffle aux ramasseurs de champignons, aux officiers de la garde, aux chasseurs à l'affût. La berceuse en piscine l'avait annihilée, plongée dans un demi-sommeil qui n'en finissait pas...

Les deux bottines avaient leur importance, qui emprisonnaient d'élégance chacune de ses chevilles, s'harmonisant de plus à la couleur du chandail. Mais pourquoi cette promenade à moto, et dans quel but Clarisse lui avait-elle remis le foulard qui ne servait à rien ? La Gold-Wing s'inclina, parurent les ajoncs d'un étang, un déploiement de nénuphars sous la crinière d'un saule, des formes de canards dans des miroitements d'argent...

GoldWing, elle s'en souvenait soudain, cela signifiait *Aile d'Or*...

À sa sveltesse, à sa peau aperçue entre son jean et le cuir de son blouson, il ne pouvait s'agir que d'un jeune homme, vingt ans comme elle, en plus costaud, en plus robuste pour pouvoir, à la seule force de ses muscles, maintenir sa machine verticale lorsqu'elle lui agrippa l'épaule d'une main, de l'autre se cramponna à Clarisse pour enjamber la selle... Le garçon adressa un salut au pêcheur à la ligne aperçu brièvement, chapeau de paille et canne à pêche, asticots à main gauche, à sa droite un goulot dépassant d'une musette.

Jeune homme dont elle ne savait rien, qui ne s'était soucié ni de son nom, ni de son aspect, et qui la promenait sans même un short, la promenait bottomless dans une chasse gardée ou pas de chasse du tout, simple repaire tantrique... À moins qu'il ne l'ait aperçue dans son rétroviseur tandis qu'elle devait s'incliner vers Clarisse, et Clarisse la soutenir tandis qu'elle s'exhibait, pire que dans la Lancia, coffre la protégeant cependant des regards indiscrets, ventre dissimulé par le corps du pilote... Sans doute le pêcheur à la ligne s'était-il murmuré impossible, une tenue pareille, et avait-il pensé qu'elle avait un maillot comme les vacancières en portent de nos jours, qui leur dégagent les hanches... Une espèce de jachère à présent, un semblant de prairie où s'ébattaient trois chèvres, puis une ferme environnée de bidons et de rouleaux de paille, un reste de charrette.

Et si le pilote, histoire d'acheter des œufs, immobilisait sa moto au centre de la cour ?... Et si on les invitait tous deux à venir prendre un verre ?... Dans le silence succédant à l'arrêt du moteur, elle imaginait le garçon relevant la visière de son casque, tournant les yeux vers elle pour vérifier ce que lui avait confié Mariette, à savoir l'élagage qui la faisait fillette, puis posant sur sa cuisse une main dégantée, puis l'assistant dans son retour sur terre, lui remontant alors son chandail, lui désignant la branche où s'agripper, l'abricot dans le prolongement de la lune... Survenue de maçons en réfection de mur, main du pilote levée au passage de l'équipe et l'équipe de répondre, l'équipe de délaisser sa tâche pour mater la poulette, continuer de la suivre des yeux après que la moto a disparu, puis se gratter l'entrejambe et reprendre le manche, se remettre à ses gâchées.

Sans doute fils de hobereau, ce jeune homme, ou alors associé de Sarah Livenstein, ou compère du gymnaste à présent disparu... Disparus pareillement le docteur Lipovsky, le jardinier Pipo et le catcheur qui l'instruisit de la virilité, la porta dans le bain pour ensuite, après l'avoir séchée... — il y avait entre les poches du jean et la fourche de ses cuisses la place de se glisser... — l'avait aux trois quarts épilée. Du mieux qu'elle put, profitant d'une bosse pour se soulever et se plaquer contre le dossier, elle jeta un coup d'œil vers cette partie invisible d'elle-même, parvint malgré tout à distinguer une lisière de frisettes mais plus bas rien à faire, et plus bas, selon ce que lui rapporta son doigt, c'était on ne peut plus lisse, comme d'une petite fille. Elle déporta un genou pour vérification, fut fouettée d'un vent frais, se revit en compagnie du précepteur dont la barbe l'avait chatouillée lorsqu'il s'était penché sur elle — pas à cet endroit-là, bien sûr, qu'elle protégeait à l'époque de deux cuisses de sauterelle, mais dans le cou qu'elle inclinait sur ses devoirs, tirant la langue pour éviter les fautes... Mais voilà que ralentissait la moto, qu'elle s'arrêtait à la croisée des chemins.

Silence, campagne rendue au délire des insectes, chaleur à faire craquer les pins, et elle sans le moindre panty sur une monture de cuir, elle lavée, baignée et parfumée pour cette raison : son transport en forêt en vue de sa défloration sylvestre. On allait l'inviter à descendre afin de la lui mettre, et le garçon de relever la visière de son casque, de retirer ses gants pour peu après... — mais ce serait autre chose.

Ce serait ceci, que l'on interprètera comme on pourra tant ce fut inattendu, mais dont l'écho roulera quelques instants dans sa conscience : sur chacun de ses genoux une main venue sonner son heure, l'heure des ébats d'un garçon à moto et de sa passagère.... Les mains sur ses genoux se meuvent en cercles symétriques, spirales conduisant des chevilles à l'électricité des nerfs, à son transfert vers une émotion vous enfonçant les ongles dans la peau, vous contraignant à serrer les mâchoires... et, soudain, mains du garçon s'emparant des vôtres, les déposant sur soi.

La taille du garçon, si fine qu'on la dirait de fille, la douceur de sa peau... Et le garçon qui ne dit rien, qui ne regarde pas, qui retourne à son casque, à ses gants, à sa machine et la remet en marche.

Défilement des fougères sur cette peau de garçon, mélange de fûtaies éclaboussées de prés, crépitement de silex et scintillement d'étang. Le pêcheur à présent sur la rive opposée, cliché de l'Institut avec ses cheminées de brique, aperçu des rosiers... S'imprégner du garçon à défaut de le voir, ce qu'on sait du garçon et qui n'est pas grand chose, à peine trois centimètres de tendresse entre du cuir et de la la toile de jean.

Coups de klaxon, la moto ralentit, décrit un cercle vers le lieu de son parking mais ne s'y arrête pas. Et la voici dans l'allée principale, qui accélère sous les bouleaux, bondit vers le portail dont s'ouvrent les vantaux.

Le chemin de silex à présent, la ruée vers le grand jour et brusquement l'enfer, la nationale où se fracassent les jardins et les lacs.

15 - *Vert foudroyé*

Les larmes lui brouillant la vue ne provenaient ni de la douleur ni de l'angoisse, elles résultaient du vent, et la vitesse les gommait aussitôt. La GoldWing franchissait les distances à cent cinquante à l'heure, s'inclinait dans les courbes, plongeait dans un vallon pour en rejaillir aussitôt, dépasser trois voitures, foncer vers les suivantes. Elle ralentit à l'entrée d'un village, celui de ce matin quand le camion les poursuivait, ou son jumeau de basses maisons de briques à couvertures d'ardoise, et elle en son exhibition pour magazine de charme. Les hommes suivaient des yeux cette puissante machine, la fille accrochée des deux mains au blouson de son pilote, pas du genre à rechigner quand son mec en voulait, seulement fallait du blé — une moto pareille !...
Une fille on ne peut plus canon et pas du genre coincé, devaient penser certains à la vue de sa blondeur et du doré de ses cuisses, ignorant que l'offrande ne se limitait pas à ces parties de sa personne mais se poursuivait plus haut, parallèlement derrière, pareillement dessous, juste un chandail pour donner le change, une paire de bottines pour allumer les conducteurs de Mack qui la verraient tripoter son foulard, imagineraient des choses, se jetteraient sur leur radio. Pourtant, si on considérait qu'il ne s'agissait là ni d'une provocation, ni d'une publicité pour la plus belle motocyclette qu'on pût imaginer, mais d'une thérapie dont l'objectif était de transcender l'envie de traverser, nue des baskets à la taille, sur la selle d'une semblable machine qu'on piloterait soi-même la place de la Concorde, puis d'enfiler l'avenue de la Grande Armée, direction l'autoroute, pas de quoi s'exciter. Psychologues, déontologues, érectologues et vulvologues avaient dressé des plans et peaufiné le détail, portique de fer et corde à nœuds, d'où ce garçon sort-il on ne le saura pas, foufoune au vent et champ d'asperges à droite.
Fente épilée sur les bords et dessous, à ne pas croire, et

vitesse retombée à moins de quatre-vingt pour que vous double en trombe une japonaise avec fille à l'arrière, celle-là correctement vêtue encore que dotée d'une croupe à se damner — elle seule promenée dévêtue par un aventurier qui l'aurait ramassée au sortir de sa tente, enlèvement de campeuse avant qu'elle n'ait passé sa jupe, et si elle se soulevait ça l'atteignait jusqu'en ses profondeurs, coup de poignard qui la mettait en vrille. Trop de fraîcheur soudain, se saisir de la taille du garçon, garçon auquel on ne refusera rien, à l'image de la fille au fabuleux pétard sur la moto doubleuse, la moto qu'on rattrape et redouble, et qui vous colle au train. Mais la GoldWing interdit toute étreinte, la GoldWing vous transporte, en première page d'un périodique pour dévoyés sexuels, à la grand rue d'un bourg où se bousculent les aoûtiennes, une culotte sous chaque jupe tandis que de son côté pas le moindre nylon, rien qu'un petit foulard... Une voiture devant, une voiture derrière et la voici plaquée contre le cuir de son pilote, un péquenaud la sifflant et se retournant sur elle, la désignant à un rougeaud dont les yeux s'écarquillent... Accélération sur vingt mètres, décélération immédiate, trop de monde au feu rouge, machine contrainte à s'arrêter entre trottoir et Peugeot cabossée, alors foulard à la forche des cuisses...

Le conducteur de la Peugeot la fixe, elle le fixe à son tour, il détourne les yeux, feint de consulter sa montre, allume une cigarette.

Confronté à de l'impensable, il la mate à nouveau en se disant que non, puis que peut-être, puis que si... que c'est l'évidence même, rien qu'un petit tricot, un abricot fendu, à peine dissimulé par un chiffon... Il en ressent une douleur au radis, tourne les yeux vers un étal de voitures d'occasion mais revient se coller telle une mouche, une sangsue à moustaches. Il a une tête de contremaître de garage ou de charcutier traiteur, avec la charcutière veillant sur sa conduite, sa nuit sera mauvaise.

Laissé sur place quand le feu passe au vert, laissé à rechercher le nord, à bidouiller le levier de vitesses tandis que la garce emportée, le genou de la garce caressé par la main du pilote, gémissement quelque part. Elle aimerait que la moto ralentisse, s'engage dans un chemin, que tout cela finisse... Aimerait que son pilote soit le garçon du parc et qu'elle retourne à Montsouris, et qu'il s'assoie à côté d'elle, et que tous deux contemplent les canards ; ou que le garçon l'allonge dans les asperges et la conduise, par le miracle de la virilité, au paradis des vierges... Elle pleure de la violence de l'air, pleure en même temps les illusions de son enfance tandis que les ombres la glacent, que le soleil la foudroie.

Où la mène-t-on, à qui la livre-t-on prête à l'emploi, sans le moindre élastique ni bretelle à défaire ? L'espace d'une seconde elle voit se perdre sa question dans la fuite des arbres, puis de la paix des prés lui parvenir une réponse, dix réponses à présent sous forme de jeunes femmes aux trois quarts dévêtues, tout ce qu'une fille de riche, après remise en selle dans une propriété tantriste, imagine qu'on lui fera quand elle sera rendue — dans quel état, Seigneur — à qui l'attend en consultant sa montre... La moto ralentit, bascule et se redresse, s'immobilise enfin. Large portail à deux battants comme en forêt là-bas, en cette propriété de polissage des folles, main au panier et prenez votre élan, bondissez mes poulettes...

Cour pareillement pavée mais quelque part en ville, des bâtiments autour. Une porte qui s'ouvre, apparition de silhouettes féminines suivies d'une nonne à cornettes... On songerait à O en son style impeccable, mais il ne sera pas ici question de littérature, non plus que de malheur.

De jolies femmes l'entourent, la rassurent d'un sourire tandis que s'éloigne le motard qu'elle ne connaîtra pas... Des brunes vêtues de clair, des blondes aux corsages diaphanes, chacune sereine en son silence et toutes la soutenant, toutes s'affairant autour d'elle dans une pièce au plafond de bois sombre, un tapis sous ses pieds, abeilles en leurs senteurs de miel. L'une se saisit de son foulard, une autre la déchausse, une troisième lui retire son chandail, lui sourit, la polit du regard. On l'accompagne ensuite à une baignoire qu'on l'aide à enjamber, on lui offre un biscuit, on lui demande si l'eau n'est pas trop chaude, si elle désire du thé.

On l'a savonnée et rincée, séchée et parfumée, recoiffée et nourrie. Assise dans un fauteuil au centre d'elles, elle flotte dans un rêve qui est le rêve de toutes, l'attente de toute femme avant que le seigneur ne vienne. Elle ne pense ni n'agit, ni ne prie. Elle est trop bien ainsi, apprêtée pour un homme qui la désire parfaite, son mari tout à l'heure, son amant...

Elle est le rêve d'un homme la guettant quelque part, qui se prépare à l'honorer comme on fait d'une princesse, avec tous les égards... Mais en quel lieu l'a-t-on conduite, de quelle époque datent ces fenêtres à petits carreaux, ces plafonds à caisson, et qui sont-elles toutes, ces femmes aux petits soins pour elle. Une princesse est-elle, une reine en attente d'hommages, qui flotte dans le rêve dépassé d'une fille abandonnée, larmes à fleur de cils, larmes à jamais taries.

On lui présente sur des mannequins des robes... l'une découvrant les jambes quand on la voit de face, une autre les découvrant de dos, échancrures s'arrêtant à la limite permise

Des robes de mariage...

Elle choisit la troisième, un voile qui la couvrira toute encore qu'elle sera nue dessous, jeune femme joliment faite, auréolée de transparences...

Portée vers une cathédrale de nuées par un songe de noces, elle flotte dans l'imaginaire d'un époux demeuré à l'écart, qui la dévore des yeux de là où il se trouve... Appobation de canards bleus et verts, un promeneur au loin, le membre d'un érectologue et celui d'un catcheur côte à côte, l'un violacé dans un pansement qu'on dirait de tranchées, l'autre rose et dodu.

Elle flotte dans un rêve qui ne finira pas, une langueur du ventre.

16 - *Blancheur nuptiale*

C'est une chapelle de pierre en bordure d'un étang, à l'extrémité d'un chemin de silex et de sable. Une femme l'y a menée dans une automobile, a encore arrangé un détail de sa robe, puis l'a laissée sur ces paroles, qu'elle tourne et retourne sur sa langue : *se tenir immobile face à la pierre d'autel, face à la pierre sans bouger se tenir... surtout ne pas se retourner, ne se retourner pas surtout... c'est derrière qu'il viendra... derrière c'est qu'il viendra...*
Dans les effluves du soir une chapelle de pierre en un pays de forêts et de landes aux senteur de fougères, ouverte à une cérémonie nuptiale. Elle a des escarpins dorés, une robe si légère qu'elle la sent à peine, et le temps s'est figé, ou comme sur la moto file à une telle allure qu'on ne le voit passer...
Il viendra par derrière, lui a-t-on murmuré, par derrière viendra-t-il, mais où seront les témoins, où seront les demoiselles d'honneur ?
Par derrière approchera sans un mot, sans un bruit, une ombre à peine sur le dallage de pierre, et elle en son attente... Approchera la bouche de son oreille et lui dira... non, ne dira rien mais épousera ses hanches, approchera les lèvres de son cou, qu'elle a bien dégagé. Elle ne porte aucun voile, juste une vapeur au sommet de la tête, au-dessus de spirales d'escargot reconstituées avec talent. Elle s'est trouvée très belle, et désirable infiniment dans le miroir de cette maison où chacune s'affairait à sa toilette et son bien-être, sa coiffure, ses senteurs de jeune fille, à moins de cinq minutes d'ici.
Elle a de nouveau envie de pleurer, envie de rire, envie de faire pipi, mais cela peut attendre.
Elle aimerait à ses côtés Clarisse, Béatrice l'assistant. Elles joueraient ensemble au jeu de la rose et de l'oie sur un banc de la chapelle, ou bien devant l'étang, à la vue des canards. Mais qui est donc Béa ? Et Xu, et Sarah Livenstein, qui sont-elles ? Et ce catcheur qui l'a massée

jusqu'à la déraison avant de la bercer dans l'eau, puis qui l'a épilée dans ce fauteuil là-bas, grande ouverte, une chose...

Elle n'a rien d'une chose, elle est une jeune femme en attente de fête, vingt ans dans cinq minutes, ou quinze minutes ou moins — allez savoir, va savoir ma chérie ce qu'est devenue ta montre... Elle a le poignet fin et de fort jolis bras, dorés pour son amant qui par derrière viendra, à pas de loup la saisira et consommera, levrette en sa chapelle et sous sa robe nue, et tendrement caressera les jumeaux dont dardent sous la soie les embryons de cornes... Ne pas les titiller, ne plus jamais se caresser dans sa chambre ou ailleurs, ni se promener sans rien, ni rien... mais chut !...

Elle a cru percevoir quelque chose, une présence, un souffle derrière elle...

Le monde va chavirer, va chavirer le monde, surtout ne se retourner pas.

On est entré à pas de loup dans la chapelle de pierre, un homme assurément, son fiancé, son amant pour toujours, qui avance sans bruit, sans bruit sur un dallage de pierre vers une fête païenne, une kermesse sans pareille sous un voile de mariée...

...un voile de mariée.

17 - *Bleu nuit*

— Clarisse...? Mais la cousine s'est endormie ou fait semblant, cette allumée des hauteurs tibétaines. Et dort entre elles Amadeo Fizzi, leur mari, leur amant. Par la porte-fenêtre pénètre la douceur nocturne, ils sont nus tous les trois, Amadeo si beau, si fort, et si belle cette semblable en sa chevelure et ses membres épars, et elle si heureuse... Elle se laisse retomber dans les souvenirs du jour, des scènes à mourir de rire, à se les repasser sans fin dans un décor de sous-bois et d'asperges.

D'abord elle a eu mal, à cause de sa grosseur à lui et de son étroitesse à elle, mais Clarisse lui a pris la main et cela est entré. Amadeo s'est introduit lentement, comme se glissant dans la chapelle de pierre, ensuite ne bougeant plus, lui permettant de s'habituer à ce qu'il offrait à sa virginité.

Elle voudrait de nouveau sentir en elle le va-et-vient d'Amadeo, ce diable transalpin qui sut tout mettre en scène, tout arranger pour elle...

Des forbans ! En moins de trois semaines monter un scénario pareil, silence, moteur et hop ! un portique, une corde et une Judith au ciel, agrippée au tantra... Mais au fait, ce gourou, cet Ivanov, s'agissait-il d'un véritable thérapeute ? Et les autres, étaient-ils des soignants, et non des comédiens ou des intermittents ? Elle s'en fichait éperdument, s'en amusait maintenant qu'elle se savait aimée, son rêve de petite fille meurtrie, de petite fille revenue de ses peurs, qui se plaçait sous protection d'un amoureux et franchissait les mers, allait en sa compagnie conquérir l'Amérique. Elle songeait encore au sanglier catcheur, songeait de même à Hélion de Chamarande, qu'elle aimerait l'un et l'autre revoir à présent qu'elle savait — juste une fois, une seule fois, afin de les remercier de ce qu'ils avaient fait pour elle.

Une reine de la nuit, s'égayait-elle encore, le seul être

éveillé dans ce décor de nuit, rideau tombé tandis qu'elle élève une jambe dans la clarté lunaire, d'abord la droite, pour l'admirer en son délié, puis qu'elle élève la gauche et de même la contemple, puis la laisse retomber, glisse à nouveau la main au droit de l'épilation qu'avait ordonnée le cachottier qui la voulait ainsi, son amant pour toujours. Demeurent trois frisettes et c'est tout, en dessous une chiffonnade à explorer d'un doigt, dans un sens et dans l'autre, ou toute entière dans la paume transalpine, comme ceci, main italienne sur le minou fêté, le minou possédé, le minou honoré de la langue mais pas moyen soi-même, oh mon Amadeo, oh ton regard sur moi, mon défloreur qui pour l'instant repose...

Reprends-moi et reprends ma cousine, elle l'a bien mérité. Sans elle en ce moment en ma désolation serais-je, abandonnée sur le bord d'un chemin où nul ne s'aventure — ah mes chéris, mes vilains comploteurs en vos onciliabules avec ce Livenstein prêtant sa belle demeure, alors un gymnaste et une corde, un imprimé et quelques figurants, trois experts en désirs amoureux et l'affaire est dans le sac, et dans le sac ma Judith — Clarisse tu te charges de tout tandis que je me cache, et surtout n'oublie pas, pense à ce magazine à exemplaire unique, il faut absolument qu'elle le trouve et me veuille, alors en formation accélérée et pas de demi-mesure, initiation menée jusqu'à l'apothéose et à dada sur mon bidet, et à dada sur ma moto, et plus la moindre retenue, bonne à cueillir et prendre, ô mon Amadeo, ma récompense, mon chatoyant seigneur !

Laquelle de nous deux préfères-tu, mon pirate : la du Boissy de Marigault, allongée à ta droite et déjà roupillante, ou bien la Garancière Judith, éveillée sur ta gauche ? Pas de particule celle-là mais vingt ans depuis deux heures et l'avenir devant elle, l'avenir à ton bras si tu veux bien qu'elle t'accompagne où tu voudras aller, qu'elle te reçoive quand te viendra le besoin de la fêter, l'irrésistible envie de renaître par elle...

D'accord, en plus d'être roulée comme peu de fées le sont, Clarisse est une femme de tête, je le reconnais d'autant plus volontiers qu'elle m'a sauvée de l'enfer par son regard de fée, par ses lèvres pulpeuses à assoiffer un moine, je le sais pour l'avoir caressée ce matin dans les bois, sans parler du moelleux de sa gorge, ni de son postérieur de reine, ni de ses talents de séductrice, ni de la hauteur de ses pensées... J'ai vu de quelle manière elle t'a embobiné, ô mon Amadeo, puis enlacé et aspiré en elle car j'ai tout observé, tout noté dans les moindres détails afin de te combler quand tu reviendras à moi car te voici tombé, brisé par les honneurs rendus à deux cousines et le décalage horaire. Elle épuisée par mon éducation, endormie elle aussi mais je veille sur vous — folle amoureuse à en rire et pleurer, à me promener sans rien dans vos jardins secrets, à me hisser sans pantalon ni rien, rien que mon cresson ou plus de cresson du tout, vers les hauteurs tibétaines que vous avez atteintes. Toi ma Cousine en ta beauté, toi mon Amadeo avec ce ruban que je t'offre, que je passe avec précaution sous tes noyaux de prunes, délicatement pour ne pas t'éveiller, puis que j'amène sur ton oiseau, que je noue à son cou, suffisamment serré mais pas trop, éviter qu'il ne tombe.

Plus jamais ne ferai la folle sans votre accord écrit, assagie désormais, jambes croisées ou disjointes mais à peine, comme ceci... ou plutôt comme cela, l'une de biais, l'autre pliée de façon que le pied droit trouve un appui sur le genou de gauche, ou l'inverse, et voyez-moi me promener en vos songes, poétesse repue entre vos deux sommeils, mes yeux comme d'une chatte, mes petits seins à portée de vos dents.

Toi, ma Clarisse, tu me donnes un baiser car tu es ma parente, et de la langue me titilles car tu es ma semblable. Toi mon seigneur de t'approcher alors, de sous les couvertures de te saisir de moi, de t'imprégner de ma souplesse et de poser une main ici, oh là là ! à la lisière de là où tu t'en vas et viens car me voici ta femme, ton obligée pour les siècles des siècles... Clarisse de même mais je suis la plus jeune, et en sus la plus neuve, à ton entière disposition, biche amoureuse dont dardent les bourgeons, et voilà que ta langue me fait me tendre vers Clarisse, l'envelopper de ma reconnaissance en opiniâtre abeille, et vois le résultat : retournée sur le dos et ta Judith à cheval sur sa scousine, qui la maintient dans son désordre tandis que tu rampes vers nous... aimez-moi mes amours, faites-moi franchir des millénaires d'étoiles.

— Tu ne dors pas ?

Redressée sur un coude, Clarisse découvre une Judith en de nouveaux écarts, un bras par-dessus tête et les jambes en l'air. Elles se regardent, se mesurent au travers d'une nuit qui les teinte de rouge et les transporte ailleurs, dans une contrée où la raison n'est plus.

— Rêverais-tu ?

Sa cousine est retombée, Judith à son tour la contemple, si belle en sa langueur. L'une brune et l'autre blonde, entre elles Amadeo leur maître, adorateur de leurs attraits complémentaires, dispensateur de leurs plaisirs semblables... Un homme grand et svelte, et blanc de travailler loin d'elles, sa peau teintée de lune dans cette chambre apprêtée pour eux seuls, qui respire en sa paix... Elle le retourne sur le dos, pose les lèvres sur l'oiseau en se disant qu'il lui faut le chérir, le soutenir dans ses conquêtes, le parer de ses bras, le couronner de son bonheur...

— Ma fée, pourquoi a-t-il voulu deux femmes ?

Regard d'une cousine à l'autre bout de la nuit, puis un silence de mille années-lumière avant que cette réponse ne vienne : *que c'est un homme inquiet, qu'il a besoin qu'on l'aime.*

Judith regarde sa semblable, regarde Amadeo, voit disparaître à la lueur de la lune son ancienne apparence, puis se former l'image d'une jeune femme en butinage des hommes — c'est là la seule façon qu'on ait de les sauver. Et la voici qui se prend à sourire à cette réalité : ses deux amours dans un lit de géants et elle à leur image, ennivrée de Sologne et repue de plaisirs.

La Sologne ? Une contrée de sable aux senteurs de forêts et d'étangs, de champignons et de clairières que traversent en deux bonds des animaux inquiets.

Un pays sans histoires, sans cette agitation qui rend le mâle fébrile et sa femelle inquiète, mais nullement à l'écart des baisers, des caresses, des plaisirs que se procurent en leurs maisons de briques, parfois en des lieux plus ouverts, les hommes et les femmes de l'été, les jeunes filles du printemps. L'hiver imprime dans la neige les traces de leurs guets, de leurs traques et de leurs étreintes.

Un pays sans histoire, et se termine celle-ci malgré que deux questions demeurent :

dans le silence des chemins et la clarté des landes, de quelles chimères se repaître à présent sans Judith et ses larmes, ses désirs et son rire...

et que répondre à cette cachottière, qui maintenant tourne vers nous sa lumière et nous chante, de là où elle se trouve, partageant avec nous son bonheur :

je vous aime

...

?

Du même auteur

• Essais politiques :
Capitalisme, la chute et ensuite (BoD)
Le blog d'un effaré (BoD)

• Essai cosmogonique à l'intention des enfants :
Pour vous les enfants (BoD) – anciennement *discours aux enfants*

• Initiation des enfants à la réflexion :
Écris-moi un livre (*BoD*)

• Romans :
La Fiancée des parcs (BoD) suivi de :
L'Éden et après (à paraître courant 2017)
Auschwitz Karnaval (BoD)

Adresse courriel :
Michelcornillon@orange.fr

Blog :
Chroniquevirgule.canalblog.com

Site :
http://ouvragesmichelcornillon.jimdo.com

Impression BOD Books on Demand, Norderstedt, Allemagne
Dépôt légal : juin 2015